KB272055

결말의 너를 바꿀 수만 있다면

결말의 너를 바꿀 수만 있다면

열말 거녀를 바꿀 수만 있다면
6
한새마 소설
한끼
Han kki

목차

1, or not

탕.

총성이 울렸다.

나는 고꾸라질 듯 앞으로 튕겨 나갔다. 지면을 박 찰 때 느껴지는 반동이 발바닥을 힘껏 밀어 올렸다. 트랙 바닥에서 튄 모래가 종아리를 때렸다. 바람이 입안으로 쏟아져 들어왔다. 찬 공기가 폐 속을 가득 채운 후 뜨거운 숨결이 되어 입 밖으로 빠져나갔다. 쿵쾅거리는 심장 소리가 귓가를 울렸다.

다른 선수들이 뒤처지는 걸 곁눈질로 알 수 있었 다. 하지만 나는 이기기 위해 달리는 것이 아니다. 숨 이 목구멍까지 차올랐다. 폐가 찢어질 것처럼 아팠 다. 종아리가 타들어 가고 장딴지가 굳었다. 고통스럽지만 강렬한 생동감, 나는 살아 있다. 이토록 생생하게 살아 있는 것이다.

결승선이 바로 앞이다.

이제 조금만 더….

바로 그 순간, 발밑이 푹 꺼졌다.

왜…?

트랙 바닥이 얼굴로 달려들었다. 꿰뚫린 듯 극심한 통증이 얼굴에 박혔다. 뒤통수와 목덜미까지 고통이 뻗쳤다. 어디선가 탄식이 터져 나왔다. 너무 아파 고개를 들어 올릴 수 없었다. 온 힘을 쥐어짜도 눈꺼풀만 겨우 깜박거릴 뿐이었다. 결승점을 눈으로 더듬었다. 흰 선이 한없이 멀어졌다. 머릿속으로 소리쳤다.

일어나. 일어나서 뛰라고, 씨발!

나는 구겨진 몸을 펴고 힘겹게 일어났다. 오른발, 왼발, 그리고 오른발. 걸음마를 뗄 때는 어린아이처럼 발을 움직였다. 유니폼은 땀에 절어 등판에 들러붙어 있었고 이름표는 당장이라도 떨어질 듯 한쪽 귀퉁이만 붙어 있었다. 하지만 비틀거리며 걸어가는 저 뒷

모습은,

내가 아니다.

이제 나는 앞으로 나아갈 수 없다.

나의 진로는 죽음 쪽으로 변경되었다.

와 씨, 죽는 줄 알았다. 어젯밤 나는 냉장고에서 털어 온 소주 두 병을 안주도 없이 들이마셨다. 태어나 처음으로 마셔 본 강소주였다. 밤새 쓰레기통을 붙잡고 토악질을 해 댔다. 이러다 급성 알코올중독으로 죽는 게 아닌가 싶을 때쯤 쓰러져 잠들었다.

잠에서 깨고 보니 머리가 깨어질 듯 아팠다. 입술은 바짝 말라 갈라졌고 입가엔 뭔지 모를 건더기가 붙어 있었다. 어디서 이렇게 비리고 시큼한 냄새가 나는 건가 했는데, 발원지가 나였다.

이쯤 되면 인정할 건 인정해야 한다. 나는 망가졌다. 몸도 마음도 정신도 '폐급'이다. 아니, 몸은 일찌감치 폐급이었다. 공신력 있는 대학병원 교수로부터 척수성 근위축증이라고 진단받은 게 3년 전이니까.

첫 증상은 두 다리에 모래주머니를 차고 있는 듯 무거운 느낌이 드는 거였다. 피곤해서 그런가 보다 하며 대수롭지 않게 여겼다. 계단을 오르다가 다리에 힘이 풀리기도 했다. 팔다리를 움직이기 위해 두세 배의 힘을 더 주는 버릇이 생겼다. 그래서 그런지 밤마다 팔다리에 쥐가 났다. 낮에도 근육 경련이 잦았다. 하지만 나는 몸에서 벌어지고 있는 이상 징조들을 무시했다. 유명 사립 고등학교에 육상부 특기생으로 막 입학한 참이었다.

"운동으론 성공하기 힘들어."

"우리 집은 너 운동 밀어줄 여력 없다."

육상부 활동을 반대하는 부모님께 아들의 운동을 만류할 빌미를 제공하고 싶지 않았다.

사실 나는 그저 뛰는 게 좋았다. 내 뜻대로 움직일 수 있는 자유로움이 좋았다. 입고 먹고 자고 공부하는 어느 것 하나 마음대로 할 수 없던 나이였기에 더욱 그랬다. 그런데 하필 청소년 육상 대회 예선전에서, 그것도 아들의 대회를 처음 보러 온 부모님 앞에서 나는 무참히 나뒹굴고 말았다.

사람은 누구나 넘어질 때 본능적으로 방어 동작을 취한다. 하지만 그날 내 몸은 어딘가 고장 나 있었다. 어떤 커다란 거인이 진흙 장난감을 집어 던진 것처럼 아무런 방어도 하지 못하고 땅바닥에 내동댕이쳐졌다.

곤죽이 된 채 병원에 실려 가 온갖 검사를 받았다. 기다란 전기 침으로 수백 번 찌르고 후비는 검사가 제일 힘들었다. 피부 아래 근육이란 근육은 죄다 아리고 욱신거렸다. 밤새 앓아눕기를 여러 날이었다.

몇 달 뒤 나는 척수성 근위축증을 진단받았다. 집으로 돌아가는 차 안에서 스마트폰을 열고 그게 어떤 병인지 ChatGPT한테 물어봤다.

척수성 근위축증(SMA, Spinal Muscular Atrophy)은 **유전성 신경근육 질환군**으로, 수의근(스스로 조절되는 근육)의 운동신경세포에 문제가 생겨 **점진적으로 근육 약화**가 일어나는 희귀 질병입니다.

이어지는 마지막 문장에서 눈을 뗄 수가 없었다.

성인 발병인 경우, 진행 속도가 느려서 오랜 시간 동안 고통스럽지만 다행히 생명엔 지장이 없습니다.

오랜 시간 동안 고통스러울 거라고? 그런데도 생명엔 지장이 없으니까 다행이라고? 나보고 지금 웃으란 말이야, 울라는 말이야? 당장에 폰을 집어 던지고 싶었지만, 나는 열일곱 살 남자아이로서 지구 종말보다 더 중요하고 심각한 질문을 ChatGPT에게 했다.

> 척수성 근위축증 남성은 섹스할 수 있어?

SMA 남성은 **생식기능과 성욕 모두 정상적으로 유지됩니다.**
다만 근력 저하로 인해 취할 수 있는 체위가 한정되거나 체력적

제약이 있을 수 있으며, 일시적으로 발기 유지가 어려울 수 있습니다.

스무 살도 안 되었는데, 발기부전을 겪을 수 있다고? 나는 스마트폰에 '좆 까!'라고 입력했다.

척수성 근위축증을 진단받았나요? 괜찮습니다. 당신은 분노와 두려움을 느껴서 저한테 욕을 한 겁니다. 원한다면 정신과 상담을 받을 수 있도록 **전문 상담 기관의 연락처**를 안내해 드릴게요. 지금 바로 연결해 드릴까요?

ChatGPT가 나를 약 올리고 있는 게 분명했다. 수십 테라바이트짜리 신경망 서버를 이용해서.

'이생망'이란 말이 나한테 딱 맞다. 누가 뭐라 그래도 이번 생은 망했다.

73

지금 당장은 이 망할 놈의 숙취가 더 문제였다. 목이 너무 말랐다. 몇 시인지 알고 싶어 나는 침대에서 고개만 틀어 창 쪽을 바라보았다. 암막 커튼이 쳐져 있는 걸 깜빡했다. 몇 시인지는 고사하고 낮인지 밤인지도 알 수가 없었다. 밤새 켜 놓았던 무드등 불빛만이 방 안을 비추고 있었다. 새벽에만 몰래 방을 빠져나가 냉장고에서 물을 가지고 올 수 있는데.

이불을 걷으니 어스름한 조명 불빛 아래, 어제보다 조금 더 야윈 종아리가 눈에 들어왔다. 한때 경주마처럼 달렸던 두 다리가 말라서 볼품없다.

띠리띵 띵띠링.

어디선가 스마트폰 메시지 수신 알림음이 울렸다.

무의식적으로 손을 뻗어 베개 옆을 더듬다가 어젯밤 술김에 폰을 집어 던졌던 게 생각났다. '인생에서 계정 삭제하고 싶다. 그런데 나는 비번을 까먹었다.' 허세 가득한 독백을 SNS에 남겼던 일이 떠올랐다. 으악, 속으로 비명을 질렀다. 귓불까지 화끈거렸다.

　게시물을 얼른 지워 버릴 생각에 침대에서 일어나 앉았다. 그러자 입에서 앓는 소리가 절로 새어 나왔다. 속은 쇠갈퀴에 긁히는 듯했고, 허리는 쇠꼬챙이에 찔리는 듯했다. 통증이 사그라들기를 기다렸다가 러그 위에 놓아둔 전방 십자인대 보조기ACL를 집어 들었다. 툭하면 꺾이는 관절 대신 동그란 경첩이 일정 각도까지만 굽혀지거나 펴지도록 도움을 주는 의료 기구다. 티타늄 소재의 견고한 프레임이 허벅지와 종아리 양옆에 붙어 받쳐 준다.

　여섯 개의 벨크로 스트랩 밴드를 하나씩 풀어서 프레임 사이로 오른 다리를 집어넣었다. 그런 다음 밴드를 단단히 조이고 왼쪽 다리에도 똑같은 과정을 되풀이했다. 침대에 걸터앉은 채로 두 다리를 내려다보았다. 어이가 없어서 헛웃음이 터졌다. 매번 느끼는 거지만 〈스타워즈〉에 나오는 로봇 경비병 같다. 〈스타워즈〉를 볼 때마다 로봇 경비병이 '플라스토이드 아머'를 벗으면 그 속에서 보잘것없는 오징어 외계인이 튀어나오지 않을까 하고 상상했었다. 3년 만에 내 두 다리가 말린 오징어처럼 곯아서 이런 보조기를 차게 될 줄도 모르고.

다들 척수성 근위축증이라고 하면 휠체어에 앉아 있는 모습을 떠올리곤 한다. 나는 열일곱 살에 진단받았고 올해 스무 살이다. 양쪽 다리에 보조기를 차면 뛰기는 힘들지만 걸어 다닐 수는 있다. 넘어지지 않으려고 양쪽 팔로 균형을 잡다 보니 걷는 모양새가 좀비처럼 꼴사나운 건 어쩔 수 없다. 그래도 고전 영화 속 좀비처럼 느려 터진 건 아니다.

유전자 치료제가 있는데, 20억 원에서 30억 원이나 해서 그건 맞는 걸 포기했다. 다른 정맥 치료제도 엄청나게 비싼 건 매한가지다. 1회 주사에 1억 원이나 하고 초기에 6회를 연달아 맞아야 하며 총 11회 정도 맞아야 한다. 이 주사도 몇 번 맞다가 비용 때문에 중단했다.

나는 얼마 전까지 운동신경세포의 손실을 늦추고 근육 기능을 보존하는 경구 치료제를 먹었다. 처방 한 번에 1천만 원 정도 들었고 연간 5천만 원 정도 들어간다. 유전자 치료제나 정맥 치료제에 비해 효과도 현저히 떨어지고 평생 먹어야 한다는 단점이 있다.

집이 빚더미에 올라앉은 덕에 근육 손실이 확실히 느리게 진행되고 있는 건 맞다. 돌발성 근육통은 여전하고 지금도 곧잘 넘어지지만. 그건 어디까지나 가계 부채로 이뤄 낸 '지연'일 뿐이다.

지연된 불구. 지연된 죽음.

차라리 3년짜리 시한부 선고를 받았다면 좋았을 거다. 그랬다면 멋진 버킷 리스트를 만들어 하나씩 실현해 나갈 터였다. 죽음을 받아들이고 삶을 정리하는 과정을 차근차근 밟아 갔을지도 모른다.

내가 생각하기에 나는 너무 천천히 죽어 갔고, 영화의 결말을 미리 스포일러 당한 사람처럼 모든 게

시시해져 버렸다. 아니, 시시하기만 했으면 나았으리라. 고가의 비용 때문에 치료를 중단했으니 언젠가 불구의 몸속에 갇혀 고통만 느끼게 될 것이다. 그렇게 10년, 20년을 살아야 할 걸 떠올리면 솔직히 무서웠다. 너무 무서워서 시시각각 조여 오는 바늘 상자 속에 갇혀 끝도 없이 비명을 질러 대는 악몽을 꿀 정도였다.

띠리띵 띵띠링.

스마트폰 알림음이 한 번 더 울렸다. 소리가 침대 밑에서 들려왔다. 나는 비틀거리며 러그 위에 엎드렸다. 어떤 식으로 던졌길래 저렇게나 깊숙한 곳까지 폰이 미끄러져 들어간 건지, 어이가 없었다. 팔을 뻗어 폰을 집었다가 떨어뜨렸다. 이놈의 병은 스마트폰 하나를 집는 데에 1.5리터 코카콜라 페트병을 집어 드는 만큼의 근육과 힘이 든다.

이마에 땀이 송골송골 맺힐 때쯤 폰을 꺼내는 것에 성공했다. 속으로 환호성을 지르는 것도 잠시, 보니까 스마트폰 액정이 깨져 있었다. 액정 가운데에 K 자 모양의 금이 가 있었다. 좆 됐다. 지금 나와 세상을 연결하는 유일한 통로는 스마트폰 하나뿐이다. 부모님께 폰 수리를 맡길 수도 없는 처지다.

긴장하며 볼륨 버튼을 눌렀다. 화면이 환하게 빛났다. 깨진 부분 때문에 버벅거렸지만, 손가락 인식은 정상적으로 작동했다. 다행이었다. 메시지 함을 열어 수신된 메시지를 확인했다. 수신 시각은 오전 9시 20분이었다. 정체 모를 링크가 전송되어 있었다. '0123'으로 시작하는 가상 전화번호였다. 광고성 문자이거나 스미싱 문자이겠거니 하고 여겼다. 그래서 0123 번호 뒤의 여덟 개 숫자는 자세히 보지도 않았다. 폰을 책상 위에 내려놓고 의자에 걸쳐 놓은 통 넓은 운동복 바지를 주워 입었다.

그때 방문 손잡이가 철거덕거렸다. 만취한 상태에서도 방문을 잠그고 자다니, 그나마 그건 칭찬할 만하다.

"아들, 일어났니?"

엄마였다. 방 안의 기척을 살피는 목소리였다.

"문 좀 열어 봐. 아들, 우리 얘기 좀 하자."

첩첩산중 24시간 감시받는 심리요양원에 끌려갈 건데 엄마 같으면 문을 열겠냐고 소리치고 싶었다.

그동안 두 번의 자살 시도가 있었다. 한번은 아버지 차를 타고 가다가 충동적으로 차 문을 열고 뛰어내리려 했다. 부모님이 병원비 때문에 차 안에서 언성을 높이고 있었다. 쌓여만 가는 빚에 비해 별다른 차도를 보이지 않는 내 병이 그날의 화두였다. 한 시간 넘게 계속되는 부모님의 서로를 향한 비난과 질책은 결국 내 등을 떠밀었다.

다행히 주행 속도가 높아서 차 문은 열리지 않았다. 그런데도 나는 괴성을 지르며 문손잡이를 계속 잡아당겼다. 차라리 내가 빨리 죽는 게 주변 사람들에게 더 낫겠다는 생각밖에 없었다. 보다 못한 아버지가 차를 갓길에 세우고 나서야 자살 소동은 끝날 수 있었다.

그다음엔 커터 칼로 손목을 그으려고 했다. 나 스스로 선택할 수 있는 건 오로지 죽음뿐이며 그럴 수 있는 근육과 신경이 아직 남아 있는 지금, 실행에 옮겨야 한다고 생각했다. 그러나 커터 칼이 살갗을 깊숙이 파고들 때의 아픔은 예상했던 것 이상이었다.

솔직히 너무 아팠다. 아파서 그만두었는데, 이런 아픔조차 견디지 못하는 주제에 죽겠다고 마음먹은 나 자신이 한심했다. 한심하다 못해 화가 났다. 분해서 자해했는데, 진료받던 중 자해한 상처들을 들키는 바람에 24시간 감시받는 심리요양원에 강제 입원할 처지가 되었다.

"엄마는 너 절대 요양원에 안 보내. 그러니까 문 좀 열어 봐."

엄마가 끈덕지게 방문 손잡이를 붙잡고 흔들었다.

정신의학과 폐쇄병동이나 다름없는 심리요양원 카드를 꺼낸 사람은 아버지였다. 나의 자살 시도를 막는다는 게 명목이었다.

"내가 정신병자예요? 멀쩡한데 왜 정신병원에 들어가야 해요? 싫어요, 싫다고요!"

나는 소리를 꽥꽥 지르며 아버지가 가져온 심리요

양원 홍보물을 방바닥에 집어 던졌다.

"애, 거긴 정신병원 아니야. 요양원이지."

엄마가 홍보물을 주우며 말했다.

"네가 제정신이면 그런 짓거릴 하겠니?"

아버지는 버럭 소릴 질렀다.

"안 해요. 이제 안 하면 되잖아요."

"그 말을 어떻게 믿으란 거냐? 나는 네 병원비 대느라 투잡, 쓰리잡을 뛰고 있는데, 고마운 줄도 모르고, 이 괘씸한 자식아!"

"그러니까 아버지 짐 덜어 주려는 거잖아요. 나처럼 답 없는 놈한테 그렇게 돈 들이붓지 마시라고요."

내 귀에도 내 말이 한심스럽게 들렸다. 후회스러웠지만 소용없었다. 바로 다음 순간 눈가에 불이 번쩍 일었다. 고개가 돌아가고 뺨이 화끈거렸다. 엄마가 아버지 팔을 붙잡았다.

"네가 끝까지 싫다고 하면 우리도 강제 입원 안 시킬게. 약속해. 그냥 심리요양원 원장님한테 상담이라도 한번 받자. 받고 나서 결정하자, 응?"

강제 입원 안 시킬 거면서 심리 상담은 왜 받자는 거야? 나는 내 결정을 존중하겠다는 부모님 말을 믿지 않았다. 그래서 그길로 방 안에 틀어박혔다.

낮에는 밖으로 나오지 않았다. 식구들이 모두 잠든 걸 확인한 후에야 거실로 나와 먹을 것을 챙겨 먹고 욕실에서 샤워했다. 그렇게 정기검진까지 거부하고 은둔형 외톨이로 지낸 지 반년이 지났다.

"당장 문 열어. 안 열면 방문 때려 부순다!"

"여보, 제발 좀 참아요. 당신이 그러는 동안 애가 방 안에서 무슨 짓을 벌일지 모르잖아요."

엄마는 회유책을 선택했다. 얼마 전에 현서와 재호가 집으로 찾아왔었다. 중학교 동창인 그 둘을 집으로 초대한 사람은 엄마였다. 어떠한 폭력 사태 없이 나를 문밖으로 유인하려는 속셈이었다.

"수강아, 나 현서야. 졸업 앨범 갖고 왔어."

나는 고2 때 휴학했다. 하지만 다음 해에 복학하지 않고 자퇴했다. 내 사진이 졸업 앨범에 실려 있을 리가 없었다.

"여기 문 앞에 두고 갈게."

현서와 재호가 집으로 돌아가고 난 뒤에 나는 앨범을 가져와 열어 보았다. 교내 육상부 활동을 소개하는 장에서 내 얼굴을 발견할 수 있었다. 다른 육상부 부원들과 함께 찍은 사진이었다. 사진 속 나는 개구쟁이같이 웃고 있었다. 불과 몇 달 뒤에 자신에게 무슨 일이 닥칠지도 모른 채.

중학교 시절 우리 셋은 같은 원어민 영어학원에 다녔다. 그때도 사실 친한 사이는 아니었다. 어쩌다 같은 학원에 등록했을 뿐이었다. 하교 시간이 비슷해서 학원 가는 길에 종종 마주치곤 했지만 서로 알은체도 하지 않았다. 그럴 것이 현서는 교사들도 인정할 만큼 예쁘고 바른 우등생이었고 재호는 '공상충' 'SF 기생수' '이과 빌런' 등등 온갖 별명으로 불리던 '은따'였다. 나는 공부보다는 운동을 더 좋아하는, 그저 그런 '중간계급'이었다.

아무런 접점도 없던 우리가 친해진 데에는 결정적인 사건이 하나 있었다. 학원 가는 길에 우리는 비슷

비슷한 외양의 단독주택 단지를 가로질러야 했는데, 그중에 커다란 셰퍼드를 키우고 있던 집이 있었다. 움직일 때마다 검은 털들이 굼실거릴 정도로 근육질인 셰퍼드는 그 집 앞을 지나는 우리를 향해 언제나 사납게 짖어 댔다. 목줄이 채워져 있었지만, 녀석은 쇠사슬 따윈 당장에라도 끊어 버릴 듯 철제 울타리 쪽으로 몸을 내던지며 이빨을 딱딱거렸다.

아가리에 거품을 매달고 짖어 대는 녀석이, 나는 무서웠다. 오금이 저릴 만큼 무서웠다. 하지만 근처에 있는 현서와 재호를 의식해 씩씩한 척할 수밖에 없었다. 저놈의 셰퍼드를 어떻게 하면 골탕 먹일 수 있을까 고민한 끝에 스마트폰에 사이키 조명 앱을 깔았다. 그러고는 녀석이 아가리를 벌리고 짖을 때마다 두 눈을 조준해 번쩍거리는 불빛을 마구 쏘아 댔다. 녀석은 날카로운 창에라도 찔린 듯 낑낑대며 불빛을 피해 웅크렸다. 쌤통이어서 나는 낄낄거렸다.

"그러지 마. 그렇게 빠르게 깜빡이는 불빛은 망막 세포를 과도하게 자극하고 흥분성 신호를 높여서 스트레스 반응을 일으킨단 말이야. 그러면 편도체가 위험으로 인식해서 공격성을 더욱 높이는 꼴이 돼 버려. 그러니까 그렇게 시각적으로 개를 자극하는 짓은 그만둬.”

철제 울타리에 매달려 있는 나에게 재호가 다가와 말했다. 개한테 장난치지 말라는 말을 참 어렵게도 하는 녀석이다. 왜 학교에서 은따를 당하고 있는지 알 것 같았다. 그러니까 너한테 친구가 없지, 하고 말하려던 순간이었다. 드르륵드르륵하는 마찰음이 들리더니 갑자기 깡, 하는 소리가 났다. 소리 나는 쪽을 보니, 쇠사슬을 끊은 셰퍼드가 누런 눈깔을 까뒤집고서 철제 울타리 쪽으로 미친 듯이 달려오고 있었다.

“으악!”

나와 재호는 소리치며 도망쳤다. 셰퍼드는 우리 키만 한 철제 울타리를 단숨에 뛰어넘었다. 조금 뒤쪽에서 걸어오고 있던 현서를 발견한 녀석이 이빨을 드러내며 달려들었다. 현서는 너무 놀라 소리도 지르지 못하고 그 자리에 주저앉고 말았다.

내가 못된 장난을 친 탓이었다. 나 때문에 현서를 다치게 할 순 없었다. 나는 전력 질주했다. 셰퍼드가 사냥감을 물기 직전, 잠깐 멈춰 서는 동작을 취하는 틈에 현서를 감싸안았다. 그때 물렸던 상처가 아직도 내 팔뚝에 V 자 모양으로 남아 있다.

때마침 재호가 신발주머니를 던져 녀석의 주의를 분산시켰다.

"목줄 잡고 걷어차!"

시키는 대로 나는 셰퍼드의 목줄을 꽉 움켜쥐었다. 손바닥에 흥건한 피 때문에 목줄이 미끄덩거렸지만 놓치지 않았다. 대가리를 이리저리 흔들어 대는 녀석의 목줄을 힘껏 잡아당기면서 배를 세게 걷어찼다. 녀석은 큰 소리로 깽깽거리며 도망갔다.

그날 이후 우리 셋은 친하게 지냈다. 친구들 눈을 의식해 학교 안에서는 서로 모른 척했지만, 방과 후엔 셋이서 늘 붙어 다녔다. 때론 현서가 나한테만 연락하기도 했다. 같이 서점이나 북카페에 가곤 했다.

나는 단둘이 만나는 게 싫지 않았다. 아니, 솔직하

게 말하면 좋았다. 개 물림 사고가 일어나기 전까진 깨닫지 못했지만, 현서에게 몸을 날렸을 때부터 그 애를 좋아하고 있었다. 그래서 청소년 육상 대회를 마치고 정식으로 나랑 사귀자고 고백할 생각이었다.

"내일 시립 공설 운동장으로 와 줄래?"

"왜?"

"그냥 뭐, 경기 끝나고 너한테 할 얘기가 있어서…."

현서의 얼굴을 똑바로 쳐다보지도 못하고 나는 운동화 앞코로 애꿎게 바닥만 긁어 댔다.

"바보."

"응?"

"운동화 끈 풀렸잖아."

현서가 쪼그리고 앉아 내 운동화 끈을 단단히 묶어 주었다.

"이러고 다니니까 잘 넘어지지. 경기 때도 이러면 안 돼."

현서의 매듭은 단단해서 그 운동화를 버릴 때까지 풀리지 않았다. 하지만 내 삶은 어디서부터 잘못 묶었는지 모르는 매듭이었다. 쉽게 풀어졌고 쉽게 넘어졌다. 넘어지고 나선 일어날 생각조차 않고 주저앉아 있기만 했다.

그날 나는 고백하지 못했다. 고백할 장소까지 가지도 못했다. 현서의 얼굴을 마주 보지도 못했다.

반복되는 병원 진료와 치료, 휴학과 자퇴, 결국에는 이렇게 내 방에 틀어박히는 동안 재호와 현서는 나와의 끈을 놓지 않았다. 재호는 가끔 무심하게 '잘 지내냐?'라며 DM을 보내왔다. 현서는 몇 번이나 직접 찾아오기도 했다. 찾아와 아무런 위로도, 질문도, 조언도 하지 않았다. 그때마다 외면한 쪽은 나였다.

이번에도 닫힌 방문 앞에서 현서와 재호는 한참을 머뭇대다가 돌아갔다. 나는 암막 커튼을 살짝 젖혀 밖을 내려다보았다. 2층 창문 밑에는 작은 화단이 있었다. 분홍색 수국이 소복하게 피어 있었다. 화단 옆에 서 있는 현서는 수국보다 예뻤다. 흰 드롭탑에 와이드 청바지를 입고 분홍색 옥스퍼드 셔츠를 외투로 걸치고 있었다. 쏟아져 내리는 햇살에 현서는 투명하게 빛났다. 심장이 아릴 만큼 싱그러웠다.

그때 누군가 주차장을 가로질러 와 현서 곁에 섰다. 베이지색 바지에 흰 반소매 셔츠 차림이었다. 평균 키인 재호보다 훨씬 큰 걸로 보아 185센티미터는 족히 넘을 듯했다. 덩치도 상당했다. 100킬로그램도 더 되어 보였다. 문신을 새긴 근육질 팔뚝이 자연스레 현서의 어깨를 감싸안았다. 재호가 어색하게 한 손을 들어 흔들더니 뒤돌아 가버렸다.

현서 같은 애한테 여태 남자친구가 없다는 게 사실 말이 안 되는 거였다. 나는 커튼을 여미고 돌아섰다. 엄마의 회유책은 실패했다.

현서의 남자친구를 본 뒤로 나는 모든 게 귀찮아졌다. 근육 강화 보조제를 먹는 것도, 하루 한 끼 제대로 된 식사를 챙기는 것도, 새벽에 몰래 나와 씻는 것도 죄다 하기 싫어졌다. 한동안 자다가 깨다가 다시 잤다. 잠들지 못하는 날이면 스마트폰으로 밤새 영상 콘텐츠만 시청했다. 나의 죽음은 침식처럼 더디기만 했다. 그걸 탓할 기운조차 없었다. 무기력했다.

띠리띵 띵띠링.

스마트폰에서 메시지 수신 알림음이 울렸다. 확인해 보니 또다시 그 정체를 알 수 없는 링크가 날아와 있었다. 스미싱 문자치고 너무 성의 없는 거 아냐? 적어도 '택배 배송 불가'나 'SNS 계정 잠금' 같은 미끼 문구 정도는 덧붙여 놓아야 하는 거 아냐? 무시하려는데, 0123 뒤에 붙은 전화번호가 눈에 들어왔다. 현서의 스마트폰 번호였다. 아, 혹시 게임 사이트에서 친구 초대 이벤트라도 하는 걸까?

어찌 된 일인지 확인하기 위해 먼저 현서의 폰으로 전화를 걸었다. 전원이 꺼져 있다는 안내 음성이 흘러나왔다. 그래서 이번에는 0123이 붙은 번호로 전화를 걸었다. 당연하게도 '고객님, 지금 거신 전화는 수신이 불가합니다'라는 음성이 흘러나왔다. 음성 수신이 불가능한 전화에 문자를 보내 봐야 소용없다는 걸 알면서도 나는 손가락을 놀렸다.

답이 없었다. 링크를 눌러서 확인해 보는 수밖에 없을 것 같았다. 나는 영어와 숫자와 특수문자들이 뒤섞인 아주 길고 긴 URL 링크를 눌렀다. 그러자 '캣박스베타CatBox-β’라는 사이트로 연결되었다. 초대 이벤트가 맞는 모양이었다.

화면이 뜨자마자 사이트를 이용하려면 가입해야 한다는 문구가 떴다. 여러 가지 개인정보를 요구한다면 광고나 스미싱 문자로 간주하고 가입하지 않으려고 했다. 그런데 가입이 의외로 간단했다. 아이디와 네 자릿수 비밀번호만 만들어 입력하면 계정을 생성할 수 있었다. 본인 인증 과정은 없었고, 아이디 중복 확인만 하면 되었다.

나는 고개를 갸웃거렸다. 이게 무슨 일이지? 내 아이디가 그렇게 흔한가? 그동안 줄곧 써 왔던 아이디인 ‘river_v’가 이미 존재하고 있었다.

이것저것 새로이 조합해 만들 시간은 없었다. 그래서 river_v 뒤에 숫자만 더해서 중복 확인 버튼을 눌렀다. 그런데 river_v2도 river_v3도 있었다. river_v4라는 아이디까지 입력해 조회했다. 다행히도 ‘river_v4’는 사용자가 없었다.

그렇게 가입한 캣박스베타는 일반적인 커뮤니티

SNS 사이트와 비슷했다. 개설한 지 얼마 되지 않아서 일까, 기본 목록에 업로드된 게시글이 하나도 없었다.

화면 상단에 크게 자리 잡은 메인 배너 그림이 특이했다. 네모난 상자 속에 두 마리의 고양이가 그려져 있었다. 한 마리는 얌전하게 앉아 있었고 다른 한 마리는 바닥에 힘없이 축 늘어져 있었다. 이런 고양이 상자 수십 개가 각기 다른 크기로 우주에 막 떠다니는 그림이었다. 수상하기 짝이 없었다. 혹시, 인간의 영혼이 우주 외계 문명에서 비롯되었다고 주장하는 어떤 종교 단체의 커뮤니티 사이트는 아니겠지? 의심스러웠다.

그때였다. 1:1 채팅방으로 놀러 오라는 초대장이 날아왔다. 망설이다가 '수락하기' 버튼을 눌렀다. 화면 하단의 채팅창에 'river_v4님이 입장하였습니다'라는 문구가 올라왔다. 나는 얼른 자판을 눌렀다. 폰이 깨져 있어서 어떤 글자는 두 번 세 번 눌러야만 제대로 입력되었다.

river_v4 : 현서니?

대답이 없었다.

river_v4 : 아니면 재호냐?

내가 수강이라는 이름에서 강을 뜻하는 영단어 river와 개 물림 사고 때문에 얻은 V 자 모양의 영광스러운 상처를 조합해 river_v라는 아이디를 즐겨 쓴다는 걸 아는 사람은 현서와 재호 둘뿐이었다. 그래서 가입하자마자 초대장이 날아온 걸 보고 둘 중 한 명이 초대한 거라고 짐작했다. 하지만 한동안 아무런 대답이 없었다. 채팅방 안에 지금 나 혼자 입장해 있는 게 아닐까 싶을 때 '주인장'이라는 아이디가 동영상 하나를 올렸다. 동영상에 손가락을 가져다 대자 '재생하기' 버튼이 나타났다. 나는 홀린 듯이 재생 버튼을 눌렀다. 동영상 창이 확대되면서 폰 액정 전체가 깜깜해졌다.

"뭐야? 해킹당한 거야?"

말이 채 끝나기도 전에 왜 화면이 깜깜했던 건지 알 수 있게 되었다. 동영상을 찍는 카메라가 피사체를 너무 가까이 찍고 있던 거였다. 검은 화면은 검은색 체육복 바지였다. 흔들리던 카메라가 어딘가에 고정되었다. 카메라 렌즈가 줌아웃되자 피사체의 정체가 드러났다.

현서였다. 낡은 사무용 의자에 청 테이프로 결박당한 채 발버둥 치고 있는 현서였다.

피떡 진 머리와 피로 물든 현서의 얼굴이 누군가에게 폭행당했음을 증명하고 있었다. 흰색 티셔츠와 스니커즈 신발에도 피가 잔뜩 묻어 있었다. 고문에 가까운 폭행이 있었던 거였다. 현서가 몸부림칠 때마다 바퀴 빠진 사무용 의자가 기우뚱거렸다. 바닥에는 요즘 보기 드문 노란색 리놀륨 장판이 깔려 있었고, 군데군데 정체를 알 수 없는 검은 얼룩이 넓게 퍼져 있었다.

현서의 등 뒤로는 시계추도, 시침도 없는 괘종시계

가 벽에 걸려 있었다. 벽에는 길고 좁은 밤색 나무 패널이 덧대어져 있었고, 창은 남색 바탕에 커다란 장미꽃들이 수놓아진 두꺼운 커튼으로 가려져 있었다. 낡은 6인용 가죽 소파 옆에는 녹색의 자루들이 입구를 벌린 채 세워져 있었다.

현서가 힘껏 뭐라고 소리쳤지만, 입에 청 테이프가 발라져 있어서 울부짖는 소리로밖에 전달되지 않았다. 무어라 간절히 외치고 있는 현서의 곁에 검은 후드티를 입은 늑대 가면이 나타났다. 종이로 만든 입체 늑대 가면을 쓴 자는 의자 등받이를 떡하니 붙잡더니 부드러운 중저음의 목소리로 말했다.

"내가 뭘 찾고 있는지 알지? 가져와. 안 그러면 죽인다."

늑대 가면의 손에는 검은색 잭나이프가 쥐어져 있었다. 칼끝이 현서의 목을 살짝 그었다. 새빨간 핏줄기가 목선을 타고 쇄골 위로 흘러내렸다.

거기까지였다. 동영상 재생이 멈추었다. 나는 채팅창에 다급히 입력했다.

river_v4 : 너 누구야?

river_v4 : 현서한테 무슨 짓을 한 거야?

대답이 없었다.

river_v4 : 갖다줄 테니까

river_v4 : 현서는 건드리지 마라!

주인장이 채팅방에서 퇴장했다는 알림은 뜨지 않았다. 늑대 가면은 지금 내 글을 보고 있는 게 확실했다. 온갖 욕을 퍼붓고 싶은 걸 간신히 참았다. 이 새끼를 도발해 봤자 좋을 게 없었다.

river_v4 : 찾고 있다는 게 뭔데?

역시나 대답이 없었다.

river_v4 : 뭔지 알아야 갖다줄 거 아냐?

입으로는 욕설을 내뱉고 있었다.

river_v4 : 그럼 어디로 갖다줘야 하는지
river_v4 : 그거라도 알려 줘!
river_v4 : 야!!!

결국 인내심에 한계를 느낀 나는 '씨발, 지금 나하고 장난쳐?'라고 글자를 입력하고 있었다.

주인장 : 경찰에 신고하면
주인장 : 현서는 죽는다.

화면 중앙에 '주인장이 채팅방을 나갔습니다'라고 적힌 알림창이 떴다.
"아, 씨발!"
스마트폰을 던질 듯이 치켜올렸다가 도로 내려놓았다. 그 손으로 그냥 내 머리통을 쥐어박았다. 이 새끼가 제 할 말만 하고 튈 줄 몰랐기에 아무것도 캡처해 놓지 않았던 것이다. 멍청했다. 주먹을 풀지 않고 팔뚝으로 얼굴을 문질렀다. 이마와 눈두덩이가 뜨끈뜨끈했다.

"생각해라, 생각해. 뇌 근육은 멀쩡하잖아. 그러니까 생각 좀 해라."

나는 케이지 안에서 원을 그리는 실험용 쥐처럼 방 안을 돌며 중얼거렸다. 삐걱삐걱, 한 걸음씩 내디딜 때마다 삐걱삐걱, 티타늄 십자인대 보조기에서 소리가 났다. 이렇게 제대로 걷지도 못하는 나 같은 놈보다야 다른 사람이 현서를 찾는 게 낫지 않을까?

제일 먼저 떠오른 건 역시 경찰이었다. 현서네 가족이 벌써 실종 신고를 해 놓았을지도 모른다. 비록 증거는 없지만 내가 그런 동영상을 보았다고 알려 준다면 경찰 수사에 도움이 될 게 분명했다. 스마트폰 키패드에 112 숫자를 누르고 통화 버튼에 손가락을 가져갔다.

주인장 : 경찰에 신고하면

주인장 : 현서는 죽는다.

녀석의 협박을 완전히 무시할 순 없었다. 112 숫자를 지우고 재호의 전화번호를 입력한 뒤 통화 버튼을 눌렀다. 현서가 납치된 걸 알게 되면 재호도 나서줄 것이다. 한 번도 말하진 않았지만, 재호도 현서를 짝사랑했다. 매사에 안드로이드 같던 녀석이 현서 앞에서만 고장 난 자판기처럼 굴었으니까. 사지 멀쩡한데다 머리까지 비상한 재호가 나보다야 백번 낫지. 그런데 음성 사서함으로 넘어갈 때까지 통화 대기음만 계속 이어졌다. 몇 번을 걸어도 마찬가지였다.

아, 깜빡했다. 원래 재호 이 녀석은 '밤샘러'였다. 가끔 나에게 안부 DM을 보내오곤 했는데, 나중에 확인해 보면 DM 보낸 시각이 대부분 새벽이었다. 오전 9시쯤이면 재호는 꿈나라에서 5:5 팀전을 하고 있을 터였다.

현서 남자친구는 이 사실을 알고 있을까? 얼핏 본게 다지만 현서가 납치된 걸 알고도 가만히 있을 '포스'가 아니었다. 혹시 그래서 늑대 가면은 현서의 친구 목록 중에서 최약체로 보이는 나를 선택했던 게 아닐까? 185센티미터 남짓에 100킬로그램은 족히 넘을 문신남보다야 당연히 내가 만만해 보였으리라. 하지만 나는 현서의 남자친구 전화번호를 모른다.

이럴 때 턱없이 부족한 정보를 긁어모을 수 있는 데라곤 SNS밖에 없다. 노트북이 고장 난 건 한참 전이었다. 빚에 허덕이는 부모님에게 새 노트북을 사 달라고 할 순 없었다. 그만한 염치는 나도 있었다. 스마트폰이 있어서 조금도 불편하지 않았던 이유도 있었다. 그렇지만 지금은 깨진 스마트폰이 언제까지 제대로 작동할지 의문이었다. 동네 PC방에라도 가야 했다. 그러기 위해선 내가 방 밖으로 나가야 한다는 말이었다.

나는 제자리걸음을 멈추고 비칠거리며 문 앞에 가섰다. 문고리를 잡은 손에 힘이 들어가질 않았다.

얼마 전에 현서가 가져다준 졸업 앨범을 떠올렸다. 그 속에는 육상부원 시절의 내가 찍혀 있었다. 그리고 내 사진이 실려 있는 페이지에 잠자리 날개 모양으로 단단하게 묶인 운동화 끈이 책갈피처럼 끼워져 있었다. 척수성 근위축증을 진단받았을 때 응원의 메시지를 전해 오던 친구들도 내가 고슴도치처럼 예민하게 굴자 다들 돌아섰다. 밀어내도 몇 번이고 돌아와 문 반대편에 서 있어 준 친구는 현서뿐이었다.

감히 이런 병든 몸으로 현서를 구하겠다고 나서려는 건 아니다. 나보다 훨씬 도움이 될 만한 사람들을 찾아보기라도 하는 게, 그동안 현서가 내 손을 붙잡고 있던 시간에 대한 응답이 아닐까. 나는 힘주어 문고리를 잡아 돌렸다.

주방 식탁에 앉아서 통화 중인 엄마의 뒷모습이 보였다.

"아직 자는 거 같아요."

누가 들을세라 엄마는 목소리를 한껏 낮추었다.

"몇 시쯤에 사설 구급차가 와 준대요?"

나는 비치적거리며 엄마 곁을 스쳐 지나갔다.

"아니, 그러다가 애 다치면 어떡해요."

나를 발견한 엄마가 화들짝 놀라며 스마트폰을 떨어뜨렸다.

"악!"

폰이 바닥에 떨어지면서 통화 모드가 스피커폰 모드로 바뀌었다. 아버지의 성난 목소리가 터져 나왔다.

“지금 다치는 게 대수야? 저 자식 저렇게 내버려두면 또 죽네 마네, 안 할 거 같아? 강제로라도 처넣어야지!”

황급히 엄마가 바닥에 떨어진 스마트폰을 주워 통화 종료 버튼을 눌렀다. 당황해 어쩔 줄 몰라 하는 엄마를 진정시키기 위해 나는 퉁명스레 말했다.

“잠깐 밖에 나갔다가 올게요.”

“어, 어디 가는데?”

엄마가 현관까지 따라 나왔다. 내 방 문짝을 뜯어내서라도 나를 심리요양원에 강제 입원시키려 한 부모님에게 화가 났지만, 그 일로 따지고 있을 시간이 없었다.

“PC방요.”

엄마한테 현서 일을 말해 볼까 하는 생각이 스쳤지만, 자칫 잘못하면 강제 입원의 빌미만 더 추가하는 꼴이 될지도 몰랐다. 협박 동영상을 받았다는 것조차 내 망상으로 치부될 수 있었고, 그렇게 되면 내가 무슨 항변을 하든 심리요양원에 들어가야 할 ‘증상’으로 분류될 터였다.

"잠깐만."

엄마가 부엌 식탁 위에 놓아둔 지갑에서 5만 원짜리 지폐 몇 장을 꺼내 내 손에 쥐여 주었다. 투잡, 쓰리잡을 뛰는 아버지 못지않게 엄마도 편의점 알바부터 식당 주방 보조까지 닥치는 대로 일을 했다. 그렇게 모은 피 같은 돈이었다.

"어디 먼 데 가지 말고, 굶지 말고, 알았지?"

그동안 몰랐는데 엄마의 머리칼이 뿌리 쪽부터 한 뼘이나 하얗게 변해 있었다. 얼굴엔 생기가 없고 미간엔 주름이 깊게 패었다. 3년 새 많이 늙었다.

"내가 뭐 어린앤가?"

미안한 마음에 괜히 투덜거리며 나는 집을 나섰다.

집을 나오면서, PC방보다는 버스로 두 정거장 정도 떨어져 있는 현서네 아파트에 먼저 들러야겠다고 생각을 바꿔 먹었다. 남자친구보다 더 확실하게 움직여 줄 쪽은 현서 부모님이었다. 하지만 현서네 아파트까지는 걸어서 가기엔 애매한 거리였다. 나한테는 운전면허증도 차도 없었다. 그동안 한 번도 사용해 보지 않았던 터라 나는 앱으로 택시를 부를 생각은 하지도 못했다. 대신에 초등학생 때부터 아침저녁으로 자전거를 타고 다녔던 게 떠올랐다. 아파트 후문에 설치된 자전거 거치대 쪽으로 비틀대는 걸음을 재촉했다.

고등학교 입학 선물로 받았던 자전거가 먼지를 시꺼멓게 뒤집어쓴 채 나자빠져 있었다. 자물쇠를 채워놓지 않았는데도 아무도 훔쳐 가지 않을 정도로 자전거는 흉물스럽게 녹슬어 있었다.

나는 뭐든지 몸으로 하는 게 좋았다. 친한 친구들이 컴퓨터 게임에 빠져서 같이 하자고 꼬드길 때도 혼자서 킥보드, 자전거, 스케이트보드를 타면서 놀았다. 가족 여행이라도 가면 여행지에서 빼먹지 않고 레이싱카트나 ATV 사륜 바이크 체험에 참가하곤 했다. 꼬맹이였을 땐 줄넘기 하나만 있어도 종일 놀이터에서 놀던 아이였다. 아무것도 없으면 그저 달렸다. 달리기만 해도 행복했다. 그래서 낑낑대며 자전거를 일으켜 세우면서도 이깟 자전거쯤이야, 하고 생각했다.

십자인대 보조기를 장착한 오른쪽 다리를 높이 치켜올렸다. 안장보다도 낮은 튜브를 넘어가기가 1.067미터의 허들을 넘는 것보다 힘들었다. 몇 번이나 튜브에 다리가 걸려 자전거와 함께 넘어졌다. 자전거를 일으켜 세웠다가 안장에 엉덩이를 올리지도 못하고 넘어지기를 반복했다. 양손이 까져서 피가 났다. 예전 같으면 될 때까지 밀어붙이며 오기를 부렸을 것이다. 하지만 지금은 그런 운동선수다운 고집을 부릴 때가 아니었다.

어쩔 수 없이 자전거는 포기하고 버스 정류장까지 걷기로 했다. 아파트 상가 편의점 앞을 지나고 있는데, 왼쪽 다리 종아리에 근육 경련이 일어났다. 좀 전에 자전거를 타 보겠다고 무리해서 움직인 탓이었다.

종아리 근육이 꿈틀거렸다. 왼쪽 다리를 치켜들고 깨금발을 뛰다가 편의점 파라솔 의자에 주저앉았다. 그만두고 집으로 돌아갈까? 하지만 이런 돌발성 근육통은 두 평 남짓한 내 방 안에서도 수시로 느껴 왔던 거 아닌가? 여기서 돌아선다고 통증이 사라질 리 없잖아? 그렇다면 아프다는 이유로 도망치진 말아야 한다. 이렇게 가만히 고통이 물러나기만을 기다리고 있을 수는 없었다. 나는 두 손으로 종아리를 마구 주물렀다.

띠리띵 띵띠링.

바지 주머니 속에 넣어 둔 스마트폰이 울렸다. 꺼내서 보니, 캣박스베타에서 쪽지가 날아와 있었다. 주인장이란 놈에게서 온 1:1 채팅방 초대장이었다. 나는 녀석을 구슬려서 조금이라도 유용한 정보를 빼낼 요량으로 '수락하기'를 눌렀다.

river_v4님이 입장하였습니다.

river_v4 : 이제 그 물건이란 게 뭔지 말해 줄 거야?

주인장은 아무런 대꾸 없이 채팅창에 사진을 한 장

띠웠다. '북구 재개발 지역 주택가에서 신원 미상 시체 발견'이라는 제목의 인터넷 신문 기사를 캡처한 사진이었다. 날짜 부분은 잘려져 있어서 언제 게재된 기사인지는 알 수가 없었다. 검지로 액정을 훑는데 금이 간 부분 때문인지 사진이 오르락내리락해서 여러 번 눌러야 했다.

〈새벽 뉴스 모음〉

| 북구 재개발 지역 주택가에서 신원 미상 시체 발견

어젯밤 11시경 북구 재개발 지역 주택가에서 신원 미상의 시체가 발견되었습니다. 신고자는 인근 주택에서 거주 중인 노인으로 근처 폐가에서 화재가 발생했다며 119에 신고하였고, 출동한 소방 당국이 화재를 진압하던 가운데 시체를 발견하고 경찰에 공동 대응을 요청했습니다. 경찰은 현장 감식에 들어가는 한편, 변사자의 신원 파악에 주력하고 있으며, 범죄 연루 여부도 조사하고 있습니다.

저 신원 미상의 시체도 늑대 가면이자 주인장인 자신의 짓이라고 지금 과시하고 있는 건가? 현서도 저렇게 쥐도 새도 모르게 처리하겠다고? 기가 막혔다. 이제 별의별 방식으로 협박을 다 하네, 싶었다.

river_v4 : 갖다줄 테니까 현서는 건드리지 마라!
주인장 : *12시간 남았다.*

지금이 오전 10시를 조금 넘긴 시각이니까 밤 10시까지 물건을 가지고 오지 않으면 현서를 죽이겠다는 협박이었다. '1:1 채팅이 종료되었습니다'라는 문구가 채팅창에 떴다.

거기가 어딘지 알면 지금 당장에라도 뛰어갈 것이다. 조급한 마음에 자리에서 벌떡 일어났다가 도로 주저앉았다. 종아리 근육이 타들어 가는 듯이 아팠다. 잠시 내 주제를 잊고 있었다.

플라스틱 의자에 엉덩이를 좀 더 붙여 놓고 싶었다. 하지만 정신이 아찔해지는 통증 속에서도 12시간밖에 남지 않았다는 문장이 솟구쳐 올랐다. 가지고 오라는 게 무엇인지, 그걸 찾아 가져가야 할 장소가 어디인지, 그리고 납치범은 누구인지, 수수께끼를 풀기엔 턱없이 모자란 시간이었다. 제멋대로 다리가 부들부들 떨렸지만, 의자 팔걸이를 붙잡고 일어났다.

나는 절룩거리면서도 최대한 속도를 높여 걷기 시작했다. 걷는 모습이 엄청 꼴사나워 보일 게 분명했지만 행인들 눈을 의식할 겨를이 없었다. 버스 정류장에 도착했을 땐 온몸이 땀에 절어 있었다. 노선을 확인하려고 버스 노선 전광판에 다가가다가, '예약'이라고 표시된 푸른색 LED를 켜고 지나가는 택시를 발견했다. 택시 차량 외부에 콜택시 앱을 뜻하는 문구가 찍혀 있었다. 속으로 '득템!' 하고 환호성을 질렀다.

버스 정류장 벤치에 앉아 스마트폰에 콜택시 앱을 깔았다. 여러 가지 본인 인증 절차를 거쳐 회원으로 가입한 다음 택시를 불렀다. 도착지는 현서네 아파트였다.

76

102동 1202호. 아파트 중앙 현관에 비치된 철제 우편함에 눈길이 갔다. 서울의 명문대에 들어갈 성적이 되는데도 지역 내 대학교에 진학한 걸 보면 현서가 아직 부모님과 함께 여기서 살고 있을 확률이 높았다. 그래도 그새 이사 갔을 수도 있어서 우편물을 먼저 살펴보려고 했다.

"어이, 거기 뭐야? 못 보던 애 같은데, 여기서 왜 기웃대고 있는 거야?"

전지가위로 화단을 손질하고 있던 경비 아저씨가 나를 뒤쫓아 와 소릴 질렀다.

"친구 만나러 왔는데요."

곁으로 다가오던 경비 아저씨는 코를 킁킁대더니

잔뜩 인상을 찌푸렸다. 미처 깨닫지 못했는데 내 몸에선 쉰내가 진동하고 있었다. 술내와 땀내가 뒤섞여 냄새가 고약했다. 며칠째 머리도 안 감았다. 회색 체육복은 정체 모를 얼룩들로 지저분했다. 현서의 부모님이나 남자친구에게 상황을 알리고 집으로 돌아갈 생각이었기에 입던 옷을 그대로 입고 나온 탓이었다.

"친구 누구? 몇 동, 몇 호?"

경비 아저씨는 파리를 쫓듯이 내 쪽으로 손을 휘저으며 말했다. 전지가위도 눈앞에서 왔다 갔다 했다.

"102동 1202호요."

"1202호? 그 집 빈집인데?"

"네?"

"1202호 집주인이 얼마 전에 리모델링해서 내놨는데, 아직 산다는 사람이 없어서 빈집이라고! 하, 이 자식 수상하네. 너 뭐야? 전단지 알바생도 아닌 것 같고, 뭐 하는 놈이야?"

경비 아저씨는 다짜고짜 내 팔뚝을 붙잡아 끌어내려고 했다.

“최현서라고 1202호에 살던 친구 만나러 왔어요. 근데 이사 갔나 보네요.”

내 팔뚝을 꽉 붙들고 있던 경비 아저씨의 손이 풀렸다.

“최현서? 그래, 맞다, 맞아. 그 집 딸 이름이 현서였지. 동네 어르신들한테 꼬박꼬박 인사도 잘하고, 경비실에 가끔 들를 때도 빈손으로 오는 법이 없고. 애가 참 착했는데 불쌍하기도 하지, 쯧쯧쯧.”

경비 아저씨의 혀 차는 소리가 불길하게 들렸다.

“네? 현서한테 무슨 일이라도 생겼어요?”

“너 친구 맞아? 친구라는 녀석이 현서한테 그렇게 큰 사달이 났는데, 어떻게 모를 수가 있어?”

나는 눅진 머리를 긁적였다.

“제가 몸이 좀 아팠어요. 그래서 한동안 연락을 안 해서….”

“암만 아파도 그렇지, 조실부모한 사람만 하겠어?”

“조실부모요?”

경비 아저씨의 시선이 위쪽을 향했다. 나도 따라서

위를 쳐다보았다.

"하필 그 새벽에 그렇게 큰불이 나서는 말이야. 그 집 식구들 죄다 못 빠져나왔어. 현서만 학교 수련회인가 뭔가가 있어서 살았지, 안 그랬으면 개도 큰 화를 입을 뻔했지 뭐야."

나는 너무 놀라 무어라 대꾸할 수가 없었다. 씁쓸한 표정으로 시선을 거둔 경비 아저씨는 전지가위를 허리춤에 찬 가위집에 집어넣으며 말을 이었다.

"그래도 1202호 집주인이 모질지가 않아서 다행이지. 조실부모하고 혼자 남은 애한테 손해배상 청구를 어떻게 하냐 그러더라고. 보증금보다 수리비가 더 나왔을 텐데 보증금도 일부 돌려주고. 아무튼 참 딱해. 하루아침에 혈혈단신이 됐잖아."

작년 이맘때면 현서가 고등학교 3학년일 때였다. 나는 제 발에 걸려 넘어졌는데도 주저앉아만 있었는데, 현서는 잿더미 속에서도 일어나 수능 시험을 치고 대학 입학을 하고 한 걸음, 한 걸음 앞으로 나아갔던 거였다.

“현서, 지금 어디 사는지 아세요?”

“그건 나도 모르지. 근데 현서가 밀린 관리비 때문에 찾아온 적이 있었는데, 그때 요즘 어디서 지내냐고 물었더니 학교 근처 고시원에서 살고 있다고 하더라. 어찌나 짠하던지.”

그때 아파트 승강기 문이 열렸고, 풍채 좋은 아줌마가 승강기를 빠져나오면서 경비 아저씨한테 큰 소리로 말했다.

“아저씨, 요즘 우리 아파트 사람도 아닌데 재활용 분리수거장에다 재활용 쓰레기 버리고 가는 인간들 있는 거 알아요, 몰라요?”

“아이고, 그래요? 그럼 안 되죠. CCTV 돌려 봐야겠네요.”

아줌마 쪽으로 달려가면서 경비 아저씨가 나보고 얼른 가라는 손짓을 보냈다. 언성을 높이는 아줌마 앞에서 절절매는 경비 아저씨를 뒤로하고 나는 아파트 정문으로 터덜터덜 걸어 나왔다. 그때였다. 가슴 아래쪽에서 뭔가가 세게 긁고 지나가는 듯한 통증이 느껴졌다. 병으로 인한 것이 아니었다. 마음이 아픈 거였다. 심장이 덜컹 내려앉는다는 말을 실감했다.

스무 살 여대생이 며칠째 귀가하지 않았는데도 경찰 쪽에서 조용한 이유를 알 것 같았다. 현서한테는 실종 신고를 해 줄 가족이 없던 것이었다. 고시원같이 고립된 곳에서 생활했기에 현서의 부재를 눈치채줄 이웃도 없었다. 나 말고는 현서를 찾아다닐 사람이 아무도 없는 게 아닐까. 이런 생각이 들자 가슴 아래쪽 상처에서 뭔지 모를 감정이 차올랐다. 외면할 수 없는 그 어떤 것이었다.

평일 낮, 아파트 상가 안 PC방은 한산했다. 구석진 자리로 절룩이며 걸어 들어가는 내 뒷모습에 알바생의 의심 가득한 눈초리가 따라붙었지만 조금도 개의치 않았다. 컴퓨터를 켜자마자 포털사이트 검색창에 작년 이맘때 이 지역에서 새벽에 발생한 아파트 화재 사건을 검색했다.

'지난 새벽, 아파트 화재로 세 명 사망, 입주민 30여 명 대피'라는 제목의 기사가 맨 윗줄을 차지하고 있었다. 그 밑에는 '지난 새벽 방화 추정 아파트 화재로 50대 부모와 20대 자녀, 세 명 사망'이라는 기사가 뒤이어 올라와 있었다.

지난 새벽, 15층짜리 아파트 12층에서 방화로 추정되는 화재가 발생해 집에서 자고 있던 50대 부부와 20대 자녀가 숨졌다. 사망자 중 50대 부부 두 명은 안방에서, 20대 자녀 한 명은 베란다에서 추락한 상태로 발견되었다. 신고 접수 17분 만에 화재를 진압했고, 이 화재로 아파트 주민 30여 명이 새벽에 긴급 대피했다. 경찰은 외부 침입의 흔적이 없고, 발화 지점에서 발화 촉매제가 발견된 점으로 미뤄 방화로 추정하고 정확한 화재 경위를 조사 중이다.

비슷비슷한 내용의 기사들이 몇 개 더 있었다. 방화로 추정되는 화재 사건이 현서의 납치 사건과 아무런 연관이 없을 수도 있었다. 하지만 혹시 몰라 폰 메모장 앱을 열어 기록해 두었다. '아파트 화재, 현서 부모님과 언니 사망.' 그런 다음 나는 인스타그램에 들어갔다.

river_v 시간은 신이 남긴 최후의 감옥.
영원히 도망치지도 머물지도 못한다네.
나는 가석방 없는 종신형.

아, 정말 어제의 나를 죽이고 싶다. 창피해서 목덜미가 뜨겁게 달아올랐다. 비활성화시키고 싶었지만 지금은 그럴 시간이 없었다. 나하고 맞팔 중인 현서의 계정으로 들어갔다. 현서의 남자친구로 보였던 문신남을 찾아보기 위해서였다.

귀여운 동물 사진들 위주이던 현서의 계정에는 한동안 게시물이 업로드되지 않다가 몇 달 전부터 대학 동아리 활동 사진들이 업로드되기 시작했다. 업로드를 쉬었던 시간 동안 현서가 혼자서 얼마나 힘들었을지 생각하니 또다시 마음이 아팠다. 몸이 아픈 것보다 더 저미는 아픔이었다.

새로 업로드한 게시물들은 독거노인 도시락 배달, 노후 주택단지 환경정화 등의 봉사활동 사진이 대부분이었다. 마지막 게시물은 한 달 전 것이었다. 쓰레기 수집광의 집을 청소하는 동영상이었다. 단순한 쓰레기 수집광이 아니라 정신이상자인가 싶을 만큼 영상 속 집 안은 형편없었다. 찌그러진 훌라후프, 바퀴 빠진 킥보드, 녹슨 세발자전거까지 어디서 주워 왔는지 모를 잡동사니들이 거실을 차지하고 있었다.

두 팔에 고무장갑을 낀 대학생들이 그 물건들을 파란색 플라스틱 이삿짐 상자 속에 집어넣었다. 소파 밑에서 10여 개의 열쇠고리를 한 줄로 길게 엮은 걸 현서가 끄집어냈다. 그 모습을 찍고 있던 촬영자가 속삭였다.

"으윽, 혹시 그거 연쇄살인범들이 모아 두는, 뭐 그런 전리품은 아니겠지?"

커다란 두 눈을 동그랗게 뜨고 입을 벙긋대며 경악하는 현서의 표정이 귀여웠다.

낡은 가죽 소파에 백발노인이 정신을 반쯤 놓은 채 앉아 있었다. 무릎에 투명한 플라스틱 상자를 안고 있었는데, 상자 속에는 누렇게 바랜 약 봉투들이 들어 있었다.

촬영자가 노인의 팔을 붙잡고 흔들어도 그의 우묵한 두 눈은 생의 어딘가를 어루더듬고 있는지 조금의 흔들림도 없었다. 현서가 노인의 무릎에서 약 봉투 상자를 들어 올렸다. 그러자 노인이 체머리를 앓

듯 고개를 끄덕끄덕 흔들면서 현서를 붙들고 일어섰다. 검고 우악한 손이 플라스틱 상자를 생명줄이라도 되는 양 꽉 붙잡았다. 오른손 검지가 바깥쪽으로 약간 휘어져 있었다.

"드시는 약은 다 챙겨서 드릴 게요."

노인을 집 밖으로 안내한 현서가 검은 비닐봉지에 누렇게 변색된 10여 개의 약 봉투를 집어넣었다. 촬영자가 현서에게 속삭였다.

"야, 딱 봐도 유효기간이 지난 거 같은데, 버려야지."

어쩔 줄 몰라 하는 현서의 얼굴에서 다음 장면으로 넘어갔다.

녹슬어 버그러진 철제 대문 앞에 구급차 한 대가 정차 중이었고, 시청 공무원으로 추정되는 중년 여성과 구급대원이 노인을 차 안으로 밀어 넣었다. 마지막 장면에선 대여섯 명의 대학생들이 웃기도 하고 손을 흔들기도 했다. 화면 하단에 '미션 완료!'라는 자막이 떴다.

오늘은 독거노인 거주 밀집 지역인
북구 구암동에 다녀왔어요.
이곳 노인분들의 자살률과 사망률이 급증하고 있대요.
주거 환경 개선과 의료 지원이 시급한 것 같아요.

동영상 밑에 지속적인 관심을 부탁한다는 당부의 글이 덧붙어 있었다. 거기에 댓글을 남긴 프로필들을 하나씩 클릭해 들어가 보았지만, 그 어디에서도 문신남은 보이질 않았다. 팔로잉과 팔로워 목록에서도 마찬가지였다.

자연스럽게 현서의 어깨에 팔을 걸치던 문신남의 행동 하나만 보고 혹시 내가 착각했던 게 아닐까. 그러자 여러 가지 감정이 내 안에 차올랐다. 고백할 기회가 내게도 아직 남아 있다는 안도감이 먼저였다. 그다음엔 가족도 이웃도 남자친구도 없이 혼자 힘든 시간을 보내야 했던 현서에 대한 안쓰러움이었다. 현서에게 남은 선택지가 비실비실한 나뿐인 게 아닐까 불안하기도 했다.

나는 현서의 계정으로 다시 돌아와 현서가 예전에

올렸던 게시물들을 하나씩 되짚어 읽었다. 그러던 중 귀여운 펭귄 사진 아래에 달린 댓글 하나가 눈에 들어왔다.

펭귄보다 네가 더 귀엽당.

　↳ 놉! 언니가 더더 귀엽당.

　　↳ 놉! 동생이 더더더 귀엽다궁.

　　↳ 놉! 언니가 더더더더 귀엽자낭.

현서와 친근하게 댓글 놀이를 한 사람의 프로필을 마우스로 클릭했다. 프로필 사진 속에서 곰돌이 키링을 들고 웃고 있는 여자는 현서와 닮은 듯 닮지 않은 듯 묘한 느낌을 주었다. ʼjinseolovelyʼ라는 아이디를 쓰고 있었다. 진서? 현서? 돌림자 이름이었다. 두 사람이 자매지간일 거라는 확신이 생겼다. 진서 누나의 인스타그램이 아직 휴면 상태로 전환되지 않을 걸로 보아 진서 누나가 안타까운 죽음을 맞이한 지 1년이 채 지나지 않은 모양이었다.

기사에선 외부 침입의 흔적은 없었고, 집 안 곳곳에 발화의 흔적이 있었다고 했다. 현서의 부모님은 안방에서 자고 있었다. 그렇다면 베란다에서 몸을 던진 진서 누나가 방화범일 확률이 높다. 저렇게 동생을 좋아하는 사람이 어쩌다 집에 불을 지른 건지 이해되지 않았다.

나는 마우스휠을 움직여 진서 누나의 게시물들을 살펴보았다. 그런데 볼수록 묘한 기시감이 느껴졌다. 노란 조끼를 입은 진서 누나가 여러 가지 봉사활동을 하는 사진이 올라와 있었기 때문이다.

jinseolovely ☀

〈학생 자치 취업 지원 동아리, 루미너스 클럽〉

✓ 국가대표, 배우, 영화 제작사 대표, 트레이너, 사업가, 유튜버, 인플루언서, 모델, 작곡가, 틱톡커까지 다양한 분야에 진출한 멘토링 선배들 다수 대기

✓ 지원 방법 : 구글 폼 링크로 지원서 접수
✓ 서류 합격자 개별 통보 후 면접
✓ 최종 합격자 발표 : 개별 연락처로 통보, 동아리 단톡방 초대

게시글마다 '루미너스 클럽'이라는 동아리 홍보 글이 첨부되어 있었다. 봉사활동 사진 밑에 저런 홍보성 글을 붙여 놓은 걸 보면 진서 누나의 봉사활동이 그 동아리 활동의 일환이란 뜻이었다.

DM 씹지 마라. 내가 문자 보낼까?
　↳ 죄송합니다. 지금 바로 연락하겠습니다.
　　↳ 진심으로 죄송합니다. 제발 전화 좀 받아 주세요.

DM을 씹지 말라는, 협박이라고 하기엔 애매한 댓글에 마치 위협적인 협박이라도 받은 것처럼 진서 누나가 절절매는 대댓글을 달아 놓은 게 의아했다. 그래서 DM을 씹지 말라는 댓글을 단 사람의 프로필을 눌러 보지 않을 수가 없었다.

박도민이라는 남자의 계정이었다. 우리 집 앞까지 차를 끌고 와 현서의 어깨에 팔을 둘렀던 그 문신남의 얼굴은 아니었다. 박도민은 아이돌 가수를 해도 될 만큼 반지르르하게 잘생겼다. 이렇게 뺀질뺀질하게 생긴 놈은 존재 자체만으로도 짜증이 난다. 나는 신경질적으로 마우스휠을 마구 돌렸다.

박도민의 인스타그램에는 루미너스 클럽에 관한 홍보성 게시물도 있었지만, 문화예술 행사나 유명인들의 파티에 참석해 즐기고 노는 게시물이 주를 이루고 있었다. 자신을 동아리 부회장이라고 밝힌 박도민의 소개글에 루미너스 클럽 공식 인스타그램이 링크되어 있어서 눌러 보았다.

공식 인스타그램은 회장인 독고혁의 계정이었다. 부회장인 박도민은 호스트바 얼굴마담 같은 느낌이라면 회장인 독고혁은 반듯하고 시원시원한 얼굴에 '올드 머니 룩'으로 차려입은 게 태생부터 귀족이라는 느낌이었다. 짜증 나게, 공부도 운동도 연애도 뭐든 다 잘할 것같이 생겼다. 또래뿐만 아니라 어르신들한테도 신뢰와 호감을 사는 인상이었다.

게시물도 학생 자치 취업 지원 동아리라는 취지에 맞는 글들뿐이었다. 리더십 역량 향상을 위한 세미나, 공기업이나 대기업 취업에 성공한 선배들의 멘토링 강의, 기업 직무별 맞춤 스터디 특강 등의 강연 개최 사진들이 주로 게시되어 있었다.

동아리 출신 졸업생들을 소개하는 게시물도 있었는데, 지역 내에서 내로라하는 인물들이 줄줄이 나와 있었다. 그뿐만 아니라 동아리원들이 유행하는 '밈'을 따라 하며 웃고 즐기는 동영상도 있었다. 특히 '스펙 쌓기'용 봉사활동 게시글은 진서 누나의 그것과 많은 부분에서 겹쳤다.

그때 번뜩 한 가지 아이디어가 떠올랐다. 법적으로 문제될 일이었지만 지푸라기라도 잡는 심정이었기에 하는 수 없었다. '희망은 신이 만든 장난감이다. 부서진 인간들에게 던져 놓고 누가 먼저 울음을 터트릴지 구경하는 장난감.' 이런 허세 가득한 글이나 써 놓은 내 계정으로 접근한다면 독고혁이든 박도민이든 바로 차단해 버릴 것이 분명했다.

그래서 나는 인스타 부계정을 만들었다. 여러 계정을 돌아다니며 괜찮은 사진들을 복사했다. 그중에 가장 '핫한' 사진을 골라 편집해 부계정 프로필 사진으로 설정했다. 얼핏 봤을 때 오늘 새로 만든 계정인 걸 들키지 않아야 했으므로 카페 탐방 사진, 아기자기한 소품 사진, 패션 쇼핑 리뷰 사진 따위로 꾸며 게시글을 올렸다. 글래머러스한 몸매를 드러내는 사진들도 중간중간 끼워 넣었다. 그런 다음 독고혁과 박도민 둘 다에게 DM을 보냈다.

안녕하세요, 선배님.

'읽음' 표시가 뜬 것은 박도민 쪽이었다. 독고혁은 DM을 읽지도 않았다.

친구한테 소개받아서 DM 보내요.

동아리 가입하고 싶은데

가입 절차가 어떻게 되나요?

내가 만들어 올린 가짜 게시물들을 살펴보는지, 박도민의 대답이 한참 뒤에 돌아왔다.

후배님, 안녕?

공지 게시글에 보면 구글 폼 링크가 있는데,
거기다 접수하면 돼.

　구글 폼은 나도 봤었다. 서류 심사를 합격해야만 면접을 볼 수 있다고 적혀 있었다. 루미너스 클럽의 가입 절차가 의외로 까다로웠다.

원래는 1차 합격해야지 2차 면접 볼 수
있는데, 후배님은 피드들만 봐도
충분히 매력 있고 능력 있는 인재라
바로 면접으로 넘어가도 되겠는데?

앗, 감사합니다.

면접은 어디서 보나요?

우리 동아리원만 출입할 수 있는
오피스텔이 있는데
거기서 1:1 면접 봐야지.

　무슨 수작을 부리려고 1:1 면접을 보자는 건지 빤했다.

1:1 면접은 좀 그런댕.

무섭기도 하고.

우리 동아리방 오피스텔은
일반 오피스텔 아니고
서울에 있는 '롯데 시그니엘'이나
'청담 아노블리 81'급인 거 알지?

헉, 진짜요?

너무너무 가 보고 싶어요.

고급 호텔이나 리조트 VIP 멤버십
다수 보유하고 있어.
메리어트, 신라, 아난티 등등.

그런 혜택은 정말 기대도 안 했어요.

친구가 취업 준비 동아리라고 했거든요.

취업 준비 동아리 맞아.
공기업, 대기업에 취직한 선배들도 있고
영화 제작사 대표, 유튜버,
인플루언서, 뮤지션 등등
다양한 분야에 진출한 선배들이 많아서
이렇게 여러 가지 혜택을 누릴 수 있는 거야.

하고 싶은 건 많지만 금전적으로 여유롭지 못한 사회

초년생들에게 저런 식으로 얼마나 많이 접근했을지 알 만했다.

면접 보러 올 거지?

오늘 오후엔 바빠. 동아리 행사가 있어서.

그래도 혼자 가긴 좀 그래요.

친구랑 같이 가도 돼요?

친구 누구?

혹시 남친?

아, 아니요.

저 남친 없어요.

최현서 아세요?

승부수를 띄워 볼 생각으로 현서를 언급했다. 진서 누나 이름을 댈까 하다가 누나의 안타까운 소식을 박도민이 전해 들었을 수도 있겠다 싶어서 현서를 택했다. 내가 만든 가짜 프로필과 게시물이 마음에 들어

서 가입을 강권하던 박도민이었다. 그런데 현서 이름
이 나오자 한동안 채팅창이 멈춰 있었다.

개는 엊그제 탈퇴했는데, 못 들었니?

앗, 그래요?

근데 현서는 왜 탈퇴했대요?

또다시 잠깐의 침묵이 흘렀다. 입력 중임을 알리는
세 개의 점만 계속해서 생겼다가 사라졌다 했다.

너 개랑 친하니?

좋은 의미로 묻는 말 같진 않았다.

네? 아니요.

사실 개랑 안 친해요.

그래서 탈퇴한 것도 몰랐어요.

여자에 미친 새끼는 박도민 본인이면서 어이가 없었다. 내가 아는 현서는 여기저기에 여지를 주고 다니는 그런 아이가 아니다. 하지만 장단을 맞춰 줄 필요가 있었다.

아니겠지. 박도빈 네가 막 들이대다가 차여서 현서를 흠집 내고 있는 거겠지. 혹시 이 자식이 납치범인 거 아냐? 아니, 납치범이라면 지금 이렇게 클럽 가입이나 권유하면서 DM을 주고받진 않을 것이다.

환승요? 너무하네.

그건 진짜 아니라고 봐요.

면접 보러 몇 시에 가면 돼요?

나하고 1:1 면접이 좀 그러면
여자 운영진한테 부탁해 놓을까?

아, 아니에요.

선배 만나는 거 기대돼요.

두근두근댈 정도예요.

그럼 12시 30분?

면접 보고 점심 먹자.
내가 맛있는 거 사 줄게.

앗! 정말요?

감사합니다.

아래 주소로 와라. 로비에서
우리 동아리 이름 대면 올려 줄 거다.

넵! 그럼 좀 있다가 봐용.

약속을 잡은 건 꽤 큰 소득이었다. 동아리방 안까지 들어갈 수 있을진 모르겠지만. 무엇보다 체육복 차림에 눅진 더벅머리의 부랑자 같은 행색으로 오피스텔 경비원의 출입 허가를 받을 수나 있을지 의문이었다.

나는 메모 앱을 열어 기록했다. '진서 누나, 루미너스 클럽, 문신남, 박도민, 독고혁, 현서 환승.' 마지막 '현서 환승'이라는 말은 도로 지웠다. 현서는 외모나 돈 때문에 이 남자, 저 남자 마구 집적대는 성품이 아니다. 가족을 잃고 어떻게 변했을지는 솔직히 모르는 일이지만, 나는 현서를 믿는다. 얼마 전에 갖다준 졸업 앨범 속에 들어 있던 단단히 묶은 운동화 끈처럼, 좌절한 친구에게 어떤 식으로든 손을 내밀던 그 마음을 믿는다.

그때 스마트폰이 울렸다. 액정 화면에 '공상충'이라는 이름이 떠 있었다. 얼른 통화 버튼을 눌렀다.

"야, 너 왜 전화 안 받아?"

걸걸하고 탁한 목소리가 돌아왔다.

"이제 막 일어났는데?"

"으이구, 그럴 줄 알았다."

"근데 왜 전화했냐?"

현서의 납치에 대해서 말하면 재호가 직접 나서 줄 거라 확신했는데, 이제 막 잠에서 깬 목소리를 들으니 확신이 시들해졌다. 말했다간 쓸데없이 일을 키우는 꼴이 아닐까, 걱정되었다. 재호가 경찰에 신고하자고 들면 말릴 재간이 없었다.

"너 요새 현서하고 연락해?"

갑작스러운 내 질문이 미심쩍은지, 재호는 잠깐 뜸을 들이다가 말했다.

"아니, 손절한 지 꽤 됐는데? 근데 그건 왜?"

"저번에 우리 집에 같이 오기도 해서 여전히 서로

연락하고 지내는 줄 알았지.”

“초, 중, 고 동창이 대학 때까지 친하게 지낼 확률은 15퍼센트밖에 되질 않는다고. 게다가 우린 성별도 다르고, 중학교 때 그렇게 친하게 지냈던 사이도 아니고. 저번에는 어머님이 부탁하셔서 하는 수 없이….”

매번 느끼는 거지만 재호 이 자식은 뭐든 참 어렵게도 설명한다. 둘 사이가 소원해졌다는 말을 통계까지 들어 가며 하다니. 서로 안부 연락도 주고받지 않는 사이라면 재호에게 군이 현서 일을 의논할 필요가 없었다.

“그럼 됐고, 너 혹시 캣박스베타라는 사이트 알아?”

“네가 캣박스베타를 어떻게 알아? 그거 우리 학교 고스트 사이트인데?”

“고스트 사이트?”

“10년 전에 컴공과 선배 하나가 취업도 안 하고 기숙사에 틀어박혀 짜 놓은 실험 서버인데, 이쪽 계열 재학생들 사이에선 소문으로만 존재하는 사이트야. 일반 도메인도 없고, 코트는 비정상적으로 열리는 백

도어 게이트고, 그 사이트에 들어가려면 옛날에 내부에서만 돌던 SSH 핸드셰이크 값을 알아야 해. 근데 우리 학교 학생도 아닌 네가 그런 고스트 사이트를 어떻게 알고 있는 거야?”

하여간에 어려운 재호의 말을 가만히 들어 보니, 캣박스베타는 정식 도메인을 사용하지 않는 불법 해적 사이트라는 거였다.

“고스트고 나발이고 모르겠고, 초대받아서 오늘 가입했다.”

“너한테 좌표를 던져 줬다고? 누가? 왜?”

“그건 말할 수 없고. 아무튼 네 말은 너희 학교 학생들, 그것도 소수의 학생만 나한테 초대장을 보낼 수 있다는 거네?”

“그렇지.”

납치범의 범위가 확 줄었다. 그러고 보니 전공은 다르지만 현서와 재호 둘 다 같은 대학교에 입학했다. 생각이 여기에 미치자 재호 녀석에 대한 의심이 조금 피어올랐다. 내가 ‘river_v’라는 아이디를 사용한다는 것과 현서와의 핑크빛 스토리를 알고 있기도 한 유일한 인물이 재호였기 때문이다.

“근데 너는?”

“뭐?”

“너도 캣박스베타 가입자 아냐?”

“아니. 과 선배한테서 전해 듣고 나도 호기심에 찾아다니긴 했었지. 결국 못 찾았지만.”

협박 영상 속에서 현서는 얼굴이고 옷이고 죄다 피투성이였다. 한때 좋아했던 여자애를 폭행할 정도로 재호가 그렇게 무자비한 성격이었나? 나는 고개를 절레절레 흔들었다.

재호는 개 물림 사고를 냈던 셰퍼드도 안락사시키지 않았으면 했었다. 네가 셰퍼드를 흥분시킨 탓이지 않냐, 언제까지 꼬맹이처럼 장난질을 칠 거냐, 이제 자신의 행동에 책임을 질 나이가 아니냐 등등 나를 나무랐다. 재호의 그런 어른스러운 모습에 고무된 나는 유기견한테 물렸다고 부모님께 거짓말을 했다. 그게 그때의 나로선 가장 어른스럽게 행동하는 거였다.

“캣박스베타에 대해서 더 알고 싶으면 내 자취방으로 올래? 오로라 상가 뒤쪽에 미러 빌라라고 있거든. 거기 601호로 오면 돼.”

당당하게 제 사는 곳으로 오라고 하는 걸 보면 재호가 늑대 가면일 리 없었다.

“나중에 시간 보고.”

나는 대충 얼버무리고 전화를 끊었다. 지금 나한테 별 도움도 안 되는 재호와 이야기를 나누고 있을 시간은 없었다. 다시 스마트폰 메모 앱을 열었다. ‘캣박스베타, 불법 해적 사이트’라고 입력했다.

박도민과의 약속 시간이 다 되어 있었다. 또 택시를 불러야 했다. 오늘 얼마나 돌아다녀야 할지 모르는 상황에서 이렇게 매번 택시를 타면 용돈이 금방 바닥날 수도 있다. 그래도 나한테 아이언맨의 비행 슈트 MK9가 있는 것도 아니니까 하는 수 없었다.

택시의 규칙적인 흔들림 때문인지, 평소와 다르게 몸을 너무 많이 움직였기 때문인지 뒷좌석에 등을 기대자마자 졸음이 몰려왔다. 현서, 진서 누나, 박도민, 독고혁, 재호. 이름들이 머릿속 밑바닥으로 하나씩 가라앉았다. 그래, 한숨 자자. 한 걸음씩 내디딜 때마다 무거운 추를 발목에 매달고 있는 듯 힘들었잖아. 죽을 것처럼 피곤하잖아. 좀 자면 어때, 자자.

그때, 죽음의 카운트다운 메시지가 내 허벅지를 흔들어 깨우지 않았다면 아마 그대로 잠들어 버렸을지도 모른다. 주인장의 쪽지였다.

10시간 남았다.

어젯밤 술에 취해 작성해서 기억나지도 않는, 그 허세 가득한 인스타 게시글이 오늘의 나에게 보내는 암시 같았다. 나는 붙잡을 수도, 머무를 수도 없는 시간의 굴레에 갇혀 버렸다.

또다시 종아리 근육이 제멋대로 꿈틀거렸다. 망치로 얻어맞은 것처럼 다리가 아팠다. 이렇게 병든 몸으로 현서를 구해 내는 건 역시나 무리다. 집을 나선 지 몇 시간 만에 포기하고 싶은 마음이 드는 것도 사실이다. 하지만 이대로 차를 돌려 집으로 돌아갈 순 없다.

집을 나설 때까지만 해도 현서를 소중히 여기는 사람들에게 늑대 가면의 납치 협박 영상에 대해 알리고 도움을 요청하는 것 정도까지만 하려고 했다. 그렇게 하는 게 나 같은 놈보다야 나은 선택지라고 생각했다. 그런데 현서에겐 가족도 이웃도 남자친구도 없었다. 선택지라곤 나밖에 남지 않았다. 그렇다면 내 선택지도 하나뿐이었다.

루미너스 클럽 동아리방이 있는 호텔형 초고가 오피스텔은 외관부터 으리으리했다. 시가지 한가운데에 우뚝 솟은 황금 절벽 같았다. 박도민이 그렇게 으스댔던 게 이해될 정도였다. 하지만 박도민의 말과 달리 루미너스 클럽이라는 이름은 프리패스 카드가 아니었다.

황금빛 중앙 로비를 지키고 있는 보안 요원에게 루미너스 클럽 면접을 보러 왔다고 말하자 입주민 전용 입구를 가리키며 인터폰을 하라고 했다. 6층까지 고급 호텔로 운영 중이며 로비 중앙의 승강기 두 개는 호텔 손님 전용이었다.

속으로 좆 됐네, 라고 내뱉었다. 인터폰을 누르면

내가 남자인 걸 들킬 수밖에 없다. 보안 요원이 나를 매섭게 노려보았다. 또 깜빡했다. 지금 내 꼴이 부랑자나 다름없다는 것을.

나는 느리더라도 최대한 절룩거리지 않으려고 노력하며 로비 한쪽의 입주민 전용 출입문으로 걸어갔다. 황금빛 금속 프레임을 한 유리 자동문이 굳게 닫힌 채 내 앞을 가로막았다. 음식 배달 기사라고 할까? 택배 기사라고 할까? 세대 번호를 누르지 못하고 인터폰 앞에서 머뭇대고 있는데, 마침 유리문 안쪽의 승강기에서 한 커플이 내렸다. 기회였다.

커플은 시시덕거리며 출입구 쪽으로 다가왔다. 자동문이 열렸다. 나는 고개를 살짝 숙이고 열린 문 사이로 들어가려다 말고 돌아섰다. 이제 막 곁을 스쳐 간 남자가 낯설지 않아서였다. 아니, 정확하게 말하자면 여자의 어깨 위에 올려놓은 팔뚝, 거기에 새겨진 문신이 눈에 익었다. 저번에 현서가 우리 집에 찾아왔을 때 봤었던 그 문신남이었다. 현서의 남자친구일 줄 알고 찾아 헤맸던 그놈이었다.

혹시나 하는 마음에 나는 문신남의 뒤통수에다 대고 소리쳤다.

“저기요, 아저씨!”

문신남이 뒤돌아보았다. 큰 키에 우락부락한 외모였다. 남녀노소 가리지 않고 한 대 칠 것처럼 얼굴을 잔뜩 구기고 있었다.

“이 자식이, 내가 어딜 봐서 아저씨야? 너 지금 장난쳐?”

얼마 전에 우리 아파트까지 찾아왔던 문신남이 확실했다.

“현서 알죠?”

문신남이 니트 원피스를 입은 여자의 어깨에 두르고 있던 팔을 내렸다.

“아는데 왜?”

“혹시 현서 남친이에요?”

문신남은 콧방귀를 꼈다.

“그런 범생이는 내 타입 아니거든? 근데 왜?”

이 상황에 어울리지 않게 나는 속으로 안도했다.

하지만 동시에 죄책감이 느껴졌다. 현서는 납치되어 생사의 기로에 서 있는데, 나란 놈은 연인 사이가 아니라는 문신남의 말에 안도하다니.

"얼마 전에 현서 데리러 우리 아파트에 오지 않았어요? 남친도 아닌데 차로 데리러 와요?"

"전화도 안 받고 요리조리 피해 다녀서 학교에서부터 몰래 쫓아간 거다, 왜?"

남의 뒤를 쫓은 걸 이렇게 당당하게 말하는 문신남의 정체가 궁금했다.

"스토커예요?"

문신남이 제 곁에 바짝 붙어 있던 여자를 살짝 밀면서 조금 떨어져 있으라는 신호를 주었다. 여자가 내 쪽을 흘끗 보더니 두세 걸음 멀어졌다. 한주먹거리도 안 되는 나와 당장에라도 맞붙을 기세로 공간을 확보하는 문신남의 과장된 몸짓에 나는 실소를 머금었다.

"스토킹이 아니라 추심이지. 걔가 나한테 갚아야 할 채무가 얼만 줄이나 알아?"

화마로 모든 걸 잃은 현서가 문신남에게서 급전을 당겨쓴 모양이었다.

"돈 빌려줬다고 동의 없이 미행하고 그러는 거 불법 아니에요?"

"뭐? 불법? 하, 이거 웃기는 새끼네. 우리는 하나에서 열까지 다 합법이야. 법정 이자율 25퍼센트 딱딱 준수하고 있고! 연체되면 추심 들어갈 수 있다고 사전 고지 했고! 카드값 연체됐다고 징징대는 20대 초반 풋내기들한테 누가 돈을 빌려주냐? 신용도 담보도 직장도 없는 녀석들한테 은행이 돈 빌려줄 것 같아? 같은 루미너스 클럽 회원이니까 해 주는 거지. 후배들은 카드값 메꿔서 좋고, 선배들은 돈 벌어서 좋고, 서로 윈윈하는 거지. 얼마나 좋아?"

'우리'라고 하길래 누굴 말하는 건가 했다. 문신남도 루미너스 클럽의 회원인 것이었다. 25퍼센트면 1천만 원 빌렸을 때 1년에 250만 원의 이자를 내야 한단 말이 된다. 이자율이 너무 높은 것 아닌가? 게다가 상대는 취업 준비생이자 학생이다. 루미너스 클

럽은 학생 자치 취업 지원 동아리라는 허울 아래 고
리대금업을 굴리고 있는 것일까? 부모님을 빚더미에
올라앉게 만든 죄인으로서 나는 대부업자에 대한 무
턱댄 반감이 있었다.

"불법 대출, 불법 추심으로 경찰에 신고해도 되죠?"

"뭐? 신고? 우리 동아리 출신 변호사가 얼마나 많
은지 알아? 검사, 판사까지 법조계 인맥이 장난 아니
게 깔렸어. 어디 한번 신고해 봐. 누가 다치는지 두고
보자고!"

문신남의 고성에 보안 요원들이 이쪽을 쳐다보았
다. 그게 신경 쓰인 모양인지 문신남은 나한테 바짝
다가와 속삭였다.

"현서한테 가서 전해. DM 씹지 말라고. 또 씹으면
가만있지 않겠다고."

묘한 기시감이 들었다.

"가만있지 않으면 어쩔 건데요?"

"일가친척, 친구, 선후배, 딸배, 택배, 가리지 않고
폰에 있는 모든 사람한테 현서 그년이 어떤 년인지

알게 해 주겠어.”

DM을 씹으면 문자를 보내겠다는 박도민의 댓글과 거기에 이상하리만치 절절매던 진서 누나의 대댓글이 생각났다.

“혹시 진서 누나한테도 돈 빌려줬어요?”

“누구? 최진서?”

취업 준비, 인맥 쌓기, 스펙 쌓기 등을 빌미로 학생들을 모집한다. 모집한 학생들에게 값비싼 여가, 문화생활을 제공한다. 회원들의 씀씀이가 커져서 카드 값을 갚을 수 없는 상황에 빠지면 동아리에서 선심 쓰듯이 고금리로 돈을 빌려준다. 제때 돈을 갚지 못하면 피 말리는 불법 추심에 들어간다. 이게 바로 루미너스 클럽의 수익 구조였다. 나는 흥분해서 문신남에게 달려들었다.

“진서 누나도 괴롭혔죠? 이자에 원금에 두 배 세 배 불어난 돈 갚으라고 쫓아다니고 협박하고 그랬죠?”

“나한테 와서 왜 지랄이야? 진서 걔는 내 담당 아니고 도민이 담당이라고.”

문신남이 한 손으로 나를 밀쳤다. 그렇게 세게 밀친 건 아니었는데, 나는 대리석 바닥 위에 나자빠졌다. 뒤통수가 유리잔처럼 깨지는 줄 알았다. 입에선 아악, 하는 신음이 터져 나왔다. 니트 원피스 차림의 여자가 깜짝 놀라 나에게 달려왔다. 통증도 통증이지만 창피해서 죽을 것 같았다. 아무렇지도 않은 듯 벌떡 일어나고 싶었다. 하지만 허리가 너무 아파 꼼짝할 수 없었다.

“저기, 괜찮아요?”

걱정스러운 얼굴로 나를 살피던 여자가 문신남 쪽으로 고개를 획 돌렸다.

“선배, 집유 기간이잖아요. 좀 참아요.”

보안 요원이 허리춤에 양손을 얹고서 이쪽으로 걸어왔다. 문신남이 지갑에서 5만 원짜리 몇 장을 꺼내더니 나한테 던졌다.

“엄살 그만 떨고 이거나 먹고 꺼져, 이 자해 공갈단 새끼야.”

그런 소리를 듣고도 바닥에 그대로 누워 있을 순

없었다. 나는 어금니를 꽉 깨물고 여자의 손을 붙잡고 일어났다.

"저는 SMA 환자이지 자해 공갈단 아니에요. 그리고 그런 쓰레기 범죄자는 저 아니고 그쪽인 거 같은데요?"

어디서 그런 용기가 났던 건지, 나는 면상이라도 한 대 갈길 듯이 주먹을 쥐었다 폈다 하는 문신남한테 주눅 들지 않고 맞섰다.

"하, 이 자식 봐라."

문신남이 분에 못 이겨 부들부들 떨면서 주먹을 꽉 쥐었다.

"어이 학생들, 무슨 일이야?"

보안 요원이 소리쳤다. 그렇게나 쟁쟁한 법조계 인맥을 자랑하던 문신남도 별거 없었다. 집행유예 기간 때문인지 보안 요원의 눈치를 보면서 슬금슬금 중앙 출입문 쪽으로 걸음을 옮겼다. 그러면서도 마지막 협박은 잊지 않고 덧붙였다.

"현서 그년한테 전해. 이대로 먹튀하면 죽여 버릴

거라고.”

내 옆에서 머뭇대고 있던 여자도 종종걸음으로 문신남을 따라 나갔다. 문신남과 여자가 사라지자 보안 요원의 다음 타깃은 바로 나였다.

“여기서 계속 소란 피우면 경찰 부르는 수밖에 없어. 그만 나가 주시지?”

일부러 그러는 게 아니라 제대로 걷기 힘들어서 주춤거리고 있었는데, 오해한 보안 요원이 다른 동료까지 불러 기어이 내 양팔을 붙잡아 끌어냈다. 그렇게 오피스텔 밖으로 끌려 나온 나는 계속 쥐고 있던 손바닥을 폈다. 여자가 나를 부축할 때 슬쩍 내 손에 무언가를 쥐여 주었던 것이다. 가운데에 영어로 ‘million dollars’라고 각인된 황금빛 카지노 칩이었다.

밀리언 달러는 1백만 달러를 의미한다. 이 칩 하나가 1백만 달러라는 뜻일 수도 있지만, 1백만 달러를 정확하게 표기하자면 ‘1 million dollars’라고 적어야 한다. 그렇다면 이건 칩의 값을 뜻하는 게 아닐지도 모른다.

칩 뒷면을 살펴보았다. 홀로그램 스티커가 붙어 있었고, 스티커 중앙에 박힌 6이라는 숫자가 영롱하게 빛나고 있었다. 햇빛에 비추며 칩을 이리저리 움직이자 'SMART K'라는 글자가 오색 빛깔로 반짝거리며 나타났다. 역시나 이건 일반적인 카지노 칩이 아니었다. 6번 캐비닛의 스마트 키였다.

폰을 꺼내 들었다. 포털사이트 앱을 열어 검색창에 '밀리언 달러 영업 시간'이라고 쳤다. 그러자 상호에 '밀리언 달러'라는 단어가 들어가는 업소들이 주룩 검색되었다. 그중 우리 지역에 있는 가게는 하나뿐이었다.

밀리언 달러 홀덤바 앤 룸(million dollars holdembar & room) 사진 리뷰를 찾아보았다. 카드 테이블마다 정장 차림의 딜러들이 서 있었다. 그중에 어떤 딜러의 사진이 내 눈길을 사로잡았다. 딜러는 목에 끈으로 된 타이를 매고 있었는데, 끈을 조이는 부분이 황금빛 카지노 칩이었다. 내가 가지고 있는 카지노 칩과 똑같은 모양이었다.

앱으로 택시를 불렀다. 도착지는 '밀리언 달러 홀
덤바 앤 룸'이었다.

80

밀리언 달러 홀덤바는 주말이면 새벽까지 줄을 서서 입장해야 하는 핫 플레이스였다. 그렇지만 평일 오후 1시의 가게 앞은 썰렁했다. 인터넷에는 영업 시작 시간이 정오로 나와 있었지만, 간판에 불이 꺼져 있는 걸로 보아 아직 오픈 준비 중인 모양이었다.

가죽 캡 모자에 가죽 재킷 차림의 남자가 가게 밖으로 올라오다가 입구에서 주춤거리고 있던 나와 딱 마주쳤다.

"뭐야 이 앵벌이는? 저쪽으로 안 꺼져?"

1층 가게 유리창에 비친 내 모습을 보니 거지 중에 상거지 꼴이긴 했다. 씻고 싶었지만 집에 도로 들어갈 수도 없는 노릇이었다. 이런 몰골의 나를 가죽 재

킷의 남자가 가게 안으로 곱게 들여보내 줄 리가 없
었다. 뭔가 그럴싸한 거짓말이 필요했다.

“누나가 뭐 좀 가져오라고 시켰어요.”

“누나?”

나는 카지노 칩 모양의 스마트 키를 내밀었다. 칩
을 받아 든 남자가 앞면, 뒷면을 돌려 가며 확인했다.

“미지 동생이냐?”

니트 원피스를 입고 있던 여자 이름이 미지인가 보
았다.

“네.”

“그래, 들어가 봐.”

지하 계단에서 넘어지지 않으려고 한 발 한 발 신
중히 내딛고 있는데, 등 뒤에서 남자의 목소리가 날
아 들어왔다.

“야, 미지한테 출근 시간 좀 딱딱 맞추라고 해. 자꾸
지각하니까 사장이 자르라고 난리 치잖아. 기만이 땜
에 자를 수도 없고, 중간에서 내 입장만 난처하다고.”

가죽 재킷의 아저씨는 이 가게 실장 정도의 직급인

모양이었다.

“네, 그렇게 전할게요.”

카펫이 깔린 계단을 하나씩 밟고 내려갔다. 가게 입구에는 카지노 칩 모양의 네온 조명 하나만 달려 있었다. 밤색 원목과 가죽으로 만들어진 육중한 가게 문을 열고 들어갔다.

실내는 원목과 가죽과 석재로 꾸며진 클래식한 인테리어였다. 카드 게임을 할 수 있는 구역과 술을 마실 수 있는 바 구역으로 나뉘어 있었다. 카드 게임 구역의 조명은 어두웠으며, 예닐곱 개의 집광등이 군청색 카드 테이블을 비추고 있었다. 정장 차림의 딜러들이 파리한 얼굴로 카드 테이블을 정리 중이었다. 이곳에 조금도 어울리지 않는 내가 가게 안에 들어서자, 뚜껑컷 헤어스타일을 한 딜러가 내 쪽으로 다가왔다.

“아직 영업 전인데 무슨 일이시죠?”

“미지 누나가 캐비닛에서 물건 좀 가져다 달라고 해서 왔어요.”

“응? 미지가? 나 따라와요.”

미심쩍게 쳐다보면서도 뚜껑컷은 칵테일 바 쪽으로 나를 안내했다. 묵직한 원목 바 뒤로 황금빛 유리 진열장이 펼쳐져 있었다. 이름 모를 양주병들이 패전한 적장의 수급처럼 칸칸이 진열되어 있었다. 화려하면서도 고급스러웠다.

뚜껑컷이 진열장 뒤쪽의 출입문을 열고 들어갔고, 나도 그 뒤를 따랐다. 먹빛 대리석으로 마감된 널찍하고 긴 복도가 나타났다. 복도 양쪽에 룸살롱과 카지노를 합쳐 놓은 듯한 인테리어의 룸들이 줄지어 있었다. 무광의 검은 가죽 패널이 덧대어진 문을 닫으면 룸 안에서 무슨 일이 벌어진들 아무도 모를 것 같았다.

어둡고 불길한 룸들을 지나자, 복도 끝에 스태프 룸이라고 적어 놓은 문이 나타났다. 뚜껑컷을 뒤따라 들어간 그곳은 창고나 다름없었다. 쨍한 형광등 불빛이 어둠에 익숙해져 있던 두 눈을 시리게 찔렀다. 실눈을 뜨고 보니, 한쪽 벽면에 기다란 사물함이 빼곡

하게 들어차 있었다.

“여기야.”

뚜껑컷이 6번 캐비닛을 가리켰다. 그러곤 뚱하니 서서 나를 쳐다보았다. 여기서 나가지 않는다면 캐비닛을 열지 않겠다는 식으로 나도 뻣뻣하게 서서 노려보았다. 그러자 뚜껑컷은 어깨를 으쓱하더니 밖으로 나갔다. 그제야 나는 카지노 칩을 6번 캐비닛 전자 키 패드에 갖다 댔다. 삐리릭, 하며 캐비닛 문이 열렸다.

캐비닛 안에는 직원용 정장 유니폼이 걸려 있었고, 아래쪽에는 하얀색 플라스틱 바구니가 놓여 있었다. 먼저 유니폼 주머니를 뒤졌다. 다 쓴 립밤, 검정 머리 고무줄, 증명사진 크기의 지퍼백이 있었다. 지퍼백 안에 든 흰색 가루가 샜는지 주머니를 뒤졌던 손가락 에 희고 불투명한 알갱이가 묻었다. 생각 없이 입에 갖다 대 봤는데, 별거 아니었다. 슈거 파우더였다. 다 음엔 쪼그리고 앉아 바구니를 뒤졌다.

〈사랑 모아 산부인과, 산모 수첩〉

이름 : 박미지

수첩에 손을 갖다 대려던 찰나였다. 눈앞이 번쩍했다. 캐비닛 속에 내가 머리를 처박고 있었다. 뚜껑컷이 내 팔을 뒤로 꺾고 어깨를 짓누른 것이었다.

"미지는 남동생 없는데, 너 누구냐? 뭐 훔쳐 가려고 왔냐?"

캐비닛 속에 머리를 처박은 채로 나는 필사적으로 외쳤다.

"미지 누나가 보낸 거 맞아요. 이거 좀 풀고 말해요."

있는 줄도 몰랐던 등판 근육들이 찢어질 것처럼 아팠다. 비틀린 어깨는 마치 뜨거운 물을 끼얹은 듯했다. 치료를 그만두고 근육 강화 보조제조차 몇 달 동안 먹지 않은 터라 근육이 약해질 대로 약해진 상태였다. 이러다 곧 우두둑 소리를 내며 어깨 인대가 끊어질지도 몰랐다. 갈비뼈 쪽이 짓눌리면서 숨쉬기도 힘들었다. 기절할 것 같았다.

이대로 정신을 놓으면 안 된다. 언제 깨어날지 모

르는 어둠 속으로 떨어지면 안 된다. 어금니로 혀를 깨물었다. 혓바닥의 날카로운 통증이 다른 통증들을 뿌리치고 정수리까지 뻗쳤다. 입안에 피가 고였다.

"야, 지영대 그만해! 그러다 애 잡겠다!"

카랑카랑한 여자 목소리가 스태프 룸 안에 울렸다. 뚜껑컷 머리를 한 딜러 이름이 지영대인가 보았다.

"이놈이 네 동생이라고 구라치고 사물함을 막 뒤지잖아."

"기만이 새끼 옆이라서 내가 스마트 키 주고 가게로 불러들인 거야. 그만 놔줘!"

구세주처럼 등장한 여자는 내 손에 키를 쥐여 주었던 박미지였다. 등과 어깨를 짓누르던 힘이 사라졌다. 하지만 나는 곧장 일어나지 못하고 바닥에 나가떨어졌다. 대자로 누워서 으으윽, 하고 신음을 냈다.

지영대가 나를 내려다보며 말했다.

"119 안 불러도 되겠냐?"

지금 구급차에 실려 가면 병원 의료진이 부모님한테 연락을 취할 것이다. 첩첩산중 심리요양원에 끌려

가진 않더라도 내 방으로 도로 돌려보내질 건 당연한 일이었다. 나는 입안에 고인 피를 삼켰다.

"괘, 괜찮아요. 원래 이런 병이에요. 이, 이러다 말아요."

헐떡대고 있는 나를 안쓰럽게 내려다보며 미지 누나가 말했다.

"너 현서 찾고 있지? 나도 지금 현서하고 연락이 안 돼서 걱정하고 있어."

"누, 누나는 현서하고 어, 어떻게 아는 사이예요?"

"현서가 여기서 작년 여름부터 일했거든. 서빙 알바로 들어왔는데, 애가 셈도 빠르고 손도 빨라서 금방 딜러로 승진했어. 그런데 몇 달 지켜보니까 이런 곳에서 일할 만한 성품이 아니더라고. 여긴 번듯해 보여도 합법을 가장해 불법을 저지르는, 뒤가 구린 업소거든. 그래서 현서한테 한번 물어봤지. 편의점이나 햄버거 가게 같은 데서 일하지 왜 이런 데서 일하냐고. 그랬더니 카지노 칩을 보여주더라. 언니 유품을 정리하는데 핸드백에서 나온 거라면서. 뭔지 너도 알지? 카지노 칩 모양의 스마트 키.”

제압당할 때 내가 떨어뜨렸던 스마트 키를 지영대가 바닥에서 찾아 집어 들었다. 미지 누나는 멈췄던 말을 다시 이었다.

“언니가 왜 집에 불을 지르고 스스로 목숨을 끊었는지 알고 싶었대. 그래서 단서를 찾고 있다고 그러더라고. 그때 현서 언니 이름이 진서라는 얘길 듣고 깜짝 놀랐어. 나하고 여기서 몇 달 동안 일했었거든. 진서가 ‘나락’ 가기 전까지 말이야.”

나락? 나락은 불교에서의 지옥을 뜻하는 말이다. 하지만 요즘에는 인생을 망쳤다, 돌이킬 수 없는 짓을 저질렀다 등의 뜻으로 인터넷상에서 자주 쓰이고 있다. 유명인도 아닌 진서 누나한테 그런 단어를 붙이는 게 의아했다.

“잠깐만요. 진서 누나가 나락 가다니, 그게 무슨 말이에요?”

“말 그대로 지옥이지 뭐. 빚이 모든 걸 삼켜 버린 바닥 밑의 바닥.”

미지 누나는 잠시 숨을 골랐다. 그러는 동안 오른손으로 목덜미를 쓸면서 꼬집었다. 목덜미가 그새 불긋불긋해졌다. 고통스러운 이야기를 어디서부터 시작할지 가늠하는 것 같았다.

"루미너스 클럽이 법정 이자율을 지킨다고 하지만, 사실은 그게 아니야. 한 달짜리 단기 대출만 하니까 연간 25퍼센트가 아니라 월간 25퍼센트인 거지. 하루라도 연체하면 거기에 연체 이자율 30퍼센트가 더 붙어. 그걸 갚으라고 하면서 또 다른 대출을 유도하고. 그런 식으로 빚은 순식간에 늘어나 버려."

이런 이야기를 누워서 듣고 있는 게 미안했다. 나는 꿈지럭대면서 겨우 캐비닛에 몸을 기대어 앉았다.

"왜 경찰에 신고 안 했어요?"

"처음 연체했을 때 굴욕 동영상을 찍어서 보내면 연체 이자를 삭감해 준다고 하거든. 그러니 누가 그걸 안 찍겠어? 근데 그걸로 끝이 아니야. 처음 찍었던 동영상을 볼모로 더 수위 높은 동영상을 요구해. 결국엔 그것들이 전부 족쇄가 돼서 시키는 대로 할 수밖에 없어.

시급이 세다면서 아는 선배가 운영하는 가게를 소개해 주기도 하는데, 밀리언 달러 홀덤바도 그중 하나야. 대부분이 합법을 가장한 불법적인 업소지. 월급을 몽땅 가져가 버리니까 노예나 다름없어. 그래도 불법적인 일에 관여했기 때문에 신고도 못 해.

이렇게까지 하는데도 이자가 원금을 뛰어넘는 단계가 와. 그땐 빚이라는 괴물에 내가 삼켜지는 거야. 그러면 놈들이 무슨 짓을 시키든 다 하게 돼. 그게 바로 지옥이고 나락 아니겠니? 아까 오피스텔 로비에서 만났던 문신 오크 이름이 기만이야. 루미너스 클럽의 해결사 노릇을 자처하고 있는 놈인데, 나는 그 놈 눈에 들어서 나락까진 안 갔어. 이자를 많이 탕감해 줬거든. 근데도 아직 원금이 많이 남았어.

얼마 전에는 원치 않는 임신을 해서 중절 수술까지 받아야 했는데, 기만이 그 새끼가 임신시킨 장본인이면서 송금한 중절 수술비까지 대출금으로 잡아 놨더라. 완전 개새끼지?”

미지 누나가 쓸쓸하게 웃었다. 나는 지영대를 원망 어린 눈빛으로 올려다보았다.

"형도 채무자예요?"

"아니."

"그러면 형이 미지 누나 대신 경찰에 신고하면 되잖아요?"

앞머리를 헝클어뜨리며 지영대가 고개를 숙였다.

"나도 법 앞에 당당할 수 있는 몸이 아니라서….."

지영대는 기어들어 가는 목소리로 뒷말을 이어 붙였다.

"하지만 이대로 미지가 당하는 걸 지켜보고만 있지 않을 거야. 나한테도 다 계획이 있다고….."

미지 누나가 목을 쥐어뜯던 손을 멈추고 말했다.

"진서가 여기 관두고 출장 마사지 쪽으로 갔다고 하더라고. 그러다가 험한 일을 당했나 봐. 정신이 이상해졌다고 들었어. 기만이 새끼가 그러던데, 회장이 폐기 처분 명령을 내렸대."

내가 스스로 폐급이라면서 자조하는 것과 다르다.

사람이 다른 사람에 대해 어떻게 폐기 처분 운운할 수 있단 말인가? 화가 났다.

"폐기 처분이 뭔데요?"

"자세히는 나도 잘 몰라. 그래도 기만이 새끼한테 들은 말이 있어서 어림짐작 가는 건 있어. 처음엔 장기 밀매라도 하는 건가 했는데, 회장이 똑똑해서 그렇게 대놓고 불법적인 일은 저지르지 않는대. 합법적으로 사람 목숨을 돈으로 바꾸는 능력이 있다더라고. 그래서 보험 사기 쪽이구나 싶었지."

독고혁이 진서 누나한테 집에 불을 지르라고 시킨 걸까? 화재 보험금을 타 먹으려고? 하지만 화재 보험금의 수익자는 누나네 부모님이지 진서 누나가 아닐 텐데? 만약에 부모님 명의의 집이라 해도 성년의 자녀가 수급자를 본인으로 지정하고 화재 보험에 가입할 수 있다면? 그게 가능하다면?

질문이 여기에 이르자 온몸에 소름이 돋았다. 진서 누나는 '아주 조금만' 불을 낼 생각이었을 것이다. 혹시 모를 피해를 줄이기 위해 현서가 수련회에 참석한 날로 실행일을 잡았다. 하지만 무슨 이유 때문인지 불은 걷잡을 수 없이 커졌다. 잠든 부모님을 깨우려고 했지만, 두 분은 이미 연기로 의식을 잃은 상태였다. 절망에 빠진 진서 누나는 스스로 목숨을 끊었다.

"현서도 이거 다 알아요?"

물어볼 필요도 없는 말이었다. 진서 누나의 방화 투신자살이 독고혁의 설계임을 알고 현서는 서울의 명문대 진학을 포기한 것이었다. 등록금이 모자라서가 아니었다. 일부러 독고혁이 재학 중인 학교에 입학한 거였다.

"괜히 말했나 후회했어. 현서를 보면 꼭 내 모습을 보는 것 같아서. 나도 재작년에 날 키워 주신 할머니를 잃고 혼자가 됐거든. 회장한테 접근하려고 대출까지 받는 거 보고 현서한테 왜 그러냐고, 너까지 망가지면 어쩌냐고, 그 빚 나한테 넘기라고 난리를 쳤지. 그랬더니 현서가 노비문서를 불태우고 족쇄를 끊어낼 방법이 있다면서 자길 좀 내버려두라 하더라고.

그러고 얼마 안 있다가 현서하고 연락이 끊긴 거

야. 혹시나 회장한테 들켜서 무슨 험한 꼴을 당한 건가 싶어서 오늘 강기만한테 찾아갔어. 근데 기만이 새끼도 이틀 전 모임 이후로 회장을 못 봤대.”

“노비문서를 불태우고 족쇄를 끊어 낼 방법이란 게 뭔지 들었어요?”

“아니. 근데 현서가 말하길 오랫동안 알고 지낸 친구 도움을 받기로 했다고 하더라고.”

“친구요?”

“난 네가 그 친구인 줄 알았지. 컴공과 다니는 친구라던데?”

갑자기 정신이 번뜩 들었다.

“무슨 앱을 만들었다고 하던데, 나는 들어도 잘 모르겠더라.”

온몸의 고통이 홍해 갈라지듯이 싹 물러났다. 앱 같은 걸 만들어 낼 수 있는 능력자는 딱 한 명뿐이다.

“컴공과 다니는 친구랬죠?”

재호였다. 현서하고 연락 안 하고 지낸 지 꽤 되었다고 했는데, 거짓말이었다. 유재호 이 자식은 현서의 납치와 분명히 연관되어 있다. 나는 우당탕, 캐비닛에 부딪쳐 가며 자리에서 일어났다.

"누나 전화번호 좀 주세요. 현서 찾으면 연락할게요."

미지 누나가 내 팔뚝을 붙잡았다.

"괜찮겠어? 이 몸으로 현서 찾으러 다니려고?"

죽음이 빨리 찾아오지 않는다고 불평만 하며 나는 불구의 감옥 속에 스스로 갇혀 지냈다. 그러면서 소중한 이들의 삶에서 눈을 돌렸다. 부모님과 친구들의 이야기에 귀를 막았다. 그럼에도 그들은 나에게 끊임없이 손을 내밀어 주었다.

오늘 내 다리 근육이 끊어져 버린다 해도, 어차피 휠체어 신세였던 걸 조금 앞당기는 것뿐이다. 나는 이제 그렇게 생각하기로 했다.

81

재호의 자취방으로 이동하던 택시 안에서 박도민의 DM을 받았다. '안 읽씹'을 하려다가 이 새끼가 도대체 무슨 소릴 하려나 싶어서 인스타에 들어갔다.

외모만 반반한 소시오패스 자식 같으니라고! 쌍욕을 박고 싶었는데, 망설였다. 아직 현서를 구해 낸 것도 아니고, 물건의 정체를 알게 된 것도 아니고, 그 물건을 가져가야 할 곳이 어디인지 아는 것도 아니었다. 박도민에게서 조금의 정보라도 얻을 수 있다면 비위를 맞춰 놓아야 하지 않을까?

보디가드 좋아하시네. 미지 누나한테서 들은 말이 없었더라도 강기만 그 자식은 생긴 것부터가 죽었다

깨어나도 누굴 지킬 만한 인간으로 보이지 않는다. 내가 잠깐 동안이라도 현서의 남자친구가 아닐지 오해했던 게 미안할 지경이었다.

박도민은 루미너스 클럽의 얼굴마담이었고, 강기만은 동아리의 뒷정리를 담당하는 해결사였다. 회장인 독고혁은 이 악의 시스템을 고안한 설계자이자, 한도 없는 금고의 주인이자, 암흑 카르텔 왕국을 좌지우지하는 실질적인 군주였다.

오늘 저녁에 친한 사진작가 아틀리에에서
잘나가는 애들만 모여서 파티하는데, 올래?

사진작가, 모델, 에이전시 그쪽 애들만 쫙 와.
아무나 못 들어가는데
너 정도면 바로 프리패스지.

앗! 정말요? 갈게요. 갈게요.

아틀리에 주소 주세요.

입구에 오면 DM 보내.
내가 초대장 QR 코드 날려 줄게.

갈 일이야 없겠지만 주소는 받아 놓았다. 아틀리에 '직조'라는 곳이었다.

엉덩이 옆에 스마트폰을 내려놓으려는데, 보니까 십자인대 보조기의 벨크로 끈이 느슨해져 있었다. 다시 조이려고 손을 가져다 대다가 멈칫했다. 이걸 차고 이렇게 긴 시간 동안 돌아다닌 적이 없었던 탓인지 종아리가 퉁퉁 붓다 못해 검붉게 변해 있었다.

내 방 침대에 누워 두 다리를 쭉 뻗고 싶은 마음이 드는 게 사실이었다. 하지만 나는 깨달았다. 거기서 느끼는 고통과 여기서 느끼는 고통이 다르다는 것을. 나를 무너뜨리기 위한 고통과 나를 지탱하기 위한 고통은 결코 같을 수 없다는 것을.

벨크로 끈을 더욱 단단히 죄었다. 그때 마침 '띠리 띵 띵띠링' 죽음의 카운트다운이 시작되었다.

8시간 남았다.

82

　씨발, 601호라더니, 재호의 자취방은 승강기도 없는 5층 빌라의 옥탑방이었다. 3층 층계참에 다다랐을 즈음엔 두 다리로 서 있을 힘조차 없었다. 4층과 5층 계단은 두 손까지 짚어 가며 말 그대로 기어서 올라갔다.

　옥상 문을 밀면서 초록색 바닥 위에 쓰러졌다. 확 트인 전망, 낮게 내려와 있는 하늘, 시원한 바람 따위를 기대했는데, 사방이 빌딩과 상가 건물로 막혀 있었다. 공기마저 탁했다. 몇 번 숨을 헐떡였더니 어느새 잔기침이 터져 나왔다.

　밀리언 달러 홀덤바를 나온 뒤로 재호에게 계속 전화를 걸었지만 받지 않았다. 큰 소리로 재호를 불러서 나를 부축해 달라고 말하려다 참았다. 옥탑방 철제문이 빼꼼히 열려 있었다. 이 거짓말쟁이 자식이 음흉하게 무슨 짓을 하고 있나 보다가 덮칠 계획을 세웠다.

나는 천천히 꼼지락거리며 자리에서 일어났다. 한 발 한 발 숨죽이며 옥탑방으로 접근했다. 그동안 현서와 무슨 계획을 짰던 건지 털어놓을 순간이 수도 없이 많았을 텐데 그러지 않은 재호 녀석이 괘씸했다. 이젠 솜방망이나 다름없지만, 배에다 주먹을 몇 대 꽂아 넣은 다음 그 물건이란 걸 내놓으라고 윽박지를 심산이었다.

열린 철제문 사이로 괴괴한 푸른빛이 어룽거리고 있었다. 4절지만 한 현관 타일 위에 재호의 것으로 보이는 크록스 한 짝이 뒤집힌 채로 놓여 있었다. 나머지 한 짝은 입구 왼쪽의 두 칸짜리 싱크대 수납장 밑에 떨어져 있었다. 싱크대 서랍은 제대로 닫혀 있지 않았고 개수대 안에는 먹다 만 컵라면들이 쌓여 있었다.

시선을 오른쪽으로 옮기자 벽면을 꽉 채운 책장이 눈에 들어왔다. 책장에는 가지런히 꽂혀 있어야 할 만화책, 라이트노벨, 게임 소프트웨어 박스들이 아무렇게나 쑤셔 박혀 있었다. 크고 작은 애니메이션 캐릭터 피규어가 패잔병처럼 바닥에 널브러져 있었다.

메시 소재의 무중력 의자는 옆으로 넘어진 상태였다. 땟국에 절은 모포가 의자 밑에 깔려 있었다. 토네이도라도 휩쓸고 간 것처럼 종이 프린트물들이 방바닥에 흩어져 있었다. 책상 서랍은 속에서 튀어나온 종이 뭉치들 때문에 제대로 닫혀 있지도 않았다.

공상충은 정리정돈이란 걸 원래 못하는 걸까. 그렇다 하더라도 컴퓨터 책상까지 어지럽히지는 않을 텐데, 책상 위는 더 심각했다. 데스크톱과 모니터와 노트북이 엎어져 있었다. 키보드고 마우스고 제자리에 놓인 게 없었다. 벽에는 대형 스크린 모니터가 설치되어 있었는데, 거기서 뿜어져 나오는 푸른 불빛만이 방 안 전체를 비추고 있었다.

"아니, 방구석을 이 모양 이 꼴로 해 놓고 이 자식은 어딜 간 거야?"

나는 투덜대며 노트북을 바로 세웠다. 그러자 전면의 스크린 모니터에 위성사진이 떴다. 재호가 집을 나서기 전까지 작업했던 것인가 보았다. 사진은 북구 구암동 일대를 담고 있었다. 골목길을 따라 몇 개의 점이 찍혀 있었다. 점은 별 모양이었고 초록색, 다홍색, 노란색이었다.

나는 컴퓨터 책상 밑에서 마우스를 찾아 쥐었다. 마우스휠을 당겨 지도를 확대했다. 별 모양의 점들이 구암동 일대의 헌 옷 수거함에 찍혀 있었다.

"뭐야 이게?"

북구 구암동은 독거노인 도시락 배달이나 쓰레기집 청소 등등 루미너스 클럽에서 스펙 쌓기용 사회봉사를 다니던 구역이었다. 현서의 인스타 계정에도 요즘 구암동 독거노인들의 사망률이 높아졌다며 지속적인 관심을 부탁하는 게시글이 올라와 있었다.

책상 위에 자빠져 있던 데스크톱과 모니터를 일으켜 세웠다. 모니터엔 위치 추적 앱 같은 게 떠 있었다.

누구의 위치를 추적하고 있었던 거지? 현서가 아닐까 하는 기대를 잠시 품었지만, 생각해 보니 현서의 스마트폰은 아침부터 내내 꺼져 있었다. 그럼 이건 누구의 위치 정보지? 답은 깊이 생각할 필요도 없었다. 독고혁이었다. 재호가 독고혁의 스마트폰에 침투했다면 실시간 위치 추적도 가능할 것이었다.

데스크톱 밑에는 A4 용지들이 깔려 있었다. 인터넷 뱅킹 계좌이체 내역을 프린트한 것들이었다. 그 속에서 '최현서'라는 이름을 발견한 나는 종이 뭉치를 집어 자세히 들여다보았다. 종이마다 다른 은행 계좌였다. 하지만 수천, 수백만 원의 돈들이 현서의 계좌로 옮겨져 잔고가 0원으로 표기된 건 모두 똑같았다. 은행 계좌들은 전부 독고혁의 것이었다.

재호가 한 짓이 분명했다. 독고혁의 스마트폰을 '좀비폰'으로 만든 것이었다. 돈으로 남의 영혼을 짓밟는 독고혁 같은 자식은 무일푼으로 만드는 게 제일 통쾌한 복수이긴 했다. 쌤통이라는 기분도 잠시였다. 돈이 죄다 현서한테로 넘어간 사실을 알게 되었다면 독고혁이 현서를 가만히 놔둘 리가 없었다. 납치를 해서라도 돈을 돌려놓으려고 할 것이다. 그렇다면 독고혁이 늑대 가면일 가능성이 가장 높다. 모니터에서 독고혁이 지금 어디에 있는지 확인했다.

'북구 구암북3길 17-2, 업데이트 시각 1시간 전.'

터치패드로 새로 고침 버튼을 눌러 새 위치 정보를 받았다.

'북구 구암북3길 17-2, 업데이트 시각 방금 전.'

저 주소로 찾아가면 독고혁을 만날 수 있다. 그런데 늑대 가면은 '훔쳐 간 걸' 가지고 오라고만 했지, 돈을 돌려놓으라고는 하지 않았다. 그러니까 훔쳐 간 건 돈 말고 다른 것이다. 돈을 돌려놓을 수 있는 물건이거나 돈보다 더 중요한 물건일지도 모른다.

나는 반쯤 빠져나와 있던 책상 서랍을 완전히 빼

서 뒤지기 시작했다. 서랍 안에는 무슨 말인지 하나
도 모를 컴퓨터 관련 리포터들만 잔뜩 쑤셔 박혀 있
었다. 이래서는 '물건'을 찾기는커녕 난장판인 집을
더 어지럽히고 있는 꼴이었다. 그러다 문득, 재호도
협박 메시지를 받았던 게 아닐까 하는 의문이 솟아
났다. 그래서 급하게 컴퓨터 로그아웃도 하지 않고서
그 '물건'을 들고 뛰쳐나간 게 아닐까.

현서를 구하기 위해 '물건'을 가지고 나간 게 맞는
지 재호에게 확인할 필요가 있었다. 나는 주머니 속
에서 스마트폰을 꺼내 전화를 걸었다.

"어? 뭐야?"

벨 소리가 가까운 곳에서 울리고 있었다. '헤엄쳐
라, 거친 파도 헤치고. 달려라, 땅을 힘껏 박차고. 아
름다운 대지는 우리의 고향. 달려라, 코난. 미래소년
코난, 우리들의 코난.' 애니메이션 주제가가 흘러나
오고 있는 곳은 화장실이었다. 불길했다. 스마트폰을
쥐지 않은 손으로 화장실 손잡이를 돌리는데, 녹슬어
버린 스케이트보드 트럭 나사를 억지로 돌리는 것보

다 더한 힘이 들어갔다.

겨우 문을 열었다. 재호의 폰은 샤워기 옆에서 노래를 부르고 있었다. 재호는 세면대와 좌변기 사이에 머리를 처박은 채 쓰러져 있었다. 나는 얼른 전화를 끊고 재호의 양쪽 어깨를 붙잡았다. 하지만 재호가 너무 축 늘어져서 도저히 들어 올릴 수가 없었다. 하는 수 없이 녀석의 두 다리를 붙잡고 당겼다. 반동으로 화장실 문턱에 엉덩방아를 찧었다.

내 입에서 문자 그대로 아이쿠, 하는 소리가 튀어나왔다. 하지만 곧 숨을 헉, 하고 삼켰다. 재호의 얼굴이 피범벅이었다. 재호가 머리를 처박고 있던 곳에는 피 웅덩이가 생겨 있었다.

"으으윽."

재호가 얼굴을 찡그리며 신음했다. 다행이었다. 나는 재호에게 다가갔다.

"야, 괜찮아? 정신 차려! 이게 다 무슨 일이야?"

재호를 붙잡은 내 두 손에 선혈이 묻어났다. 깨진 머리통에서 여전히 피가 흘러나오고 있었다. 나는 급한 대로 티셔츠를 벗어 재호의 뒤통수에 갖다 댔다.

"119, 119를 불러야 하는데."

티셔츠를 붙잡지 않은 손으로 더듬거리며 스마트폰을 찾았다. 미쳐 버리겠다. 엉덩방아를 찧을 때 폰이 주머니에서 빠져나가 방바닥에 떨어져 있었다. 손을 뻗었지만 닿지 않았다. 재호 녀석의 몸을 방 쪽으로 조금만 당기면 손이 닿을 만한 거리였다. 하지만 의식이 없는 사람의 육신은 상상 이상으로 무거웠고, 나는 상상 이하로 힘이 없었다. 지혈시키던 손을 놓고 어기적거리며 일어나다가 바닥에 떨어진 피 때문에 타일이 미끄러워 넘어졌다. 옥탑방에 들어서자마자 눈치채지 못했던 나 자신한테 화가 나 소리쳤다.

"아우, 이 바보 멍청이!"

"호출어 인식. 멍청이 활성화. 무엇을 실행할까요?"

등 뒤에서 들리는 친근한 남자 목소리에 깜짝 놀랐다. 나는 소리의 근원지를 찾아 사방을 두리번거리며 외쳤다.

"너, 너 뭐야?"

“저는 유 박사님이 개조해 사용 중인 어웨이크 워
드로 작동하는 음성 기반 AI 멍청이입니다.”

AI한테 멍청이란 이름을 붙여 부르고 있던 재호 녀
석의 웃기지도 않는 짓거리가 황당했지만, 따지고 있
을 새가 없었다.

“119 불러 줘. 여기 화장실에 머리 다친 사람이 있
다고 119 불러!”

“알겠습니다.”

곧바로 AI가 말을 이었다.

“낙상에 의한 두부 외상 환자가 발생했다고 119 응
급구조 센터로 비상 출동을 요청했습니다.”

83

119 구급대원들이 8분 만에 옥탑방에 도착했다. 재호는 이동식 환자 수송 카트에 실려 6층 계단을 내려갔다. 나는 빌라 앞에 정차 중이던 구급차가 재호를 싣고 출발하는 걸 확인한 뒤에 돌아섰다.

초록색 옥상 바닥 위에 붉은 발자국들이 어지러이 찍혀 있었다. 처음 발견했을 때 재호는 세면대와 좌변기 사이의 바닥에 엎드려 있었다. 살갗이 찢어지고 피가 흘러나오고 있던 부위도 뒤통수였다. 타일 바닥에 미끄러져 앞으로 쓰러진 거라면 이마 부위가 찢어져야 한다. 타격이 뒤쪽에서 가해졌다는 증거들이었다. 누군가에게 습격당한 것이었다.

집 안이 이렇게나 어지럽혀져 있었던 것도 재호가

정리정돈을 못하는 공상충이기 때문이 아니었다. 뒤통수를 가격한 범인이 뭔가를 찾기 위해서 온 집 안을 헤집어 놓은 것이었다. 루미너스 클럽의 뒤처리 해결사인 강기만의 소행일까? 아니다. 강기만은 아닐 것이다. 그렇게 덩치 큰 문신 오크가 평균 키에 평균 체중인 재호를 굳이 뒤에서 습격할 필요는 없다. 범인은 재호와 비등하거나 재호보다 약한 근력의 소유자이다.

늑대 가면이 물건을 직접 찾으러 온 것일까? 그것도 아닐 것이다. 재호에게 협박 동영상을 보낸 지 불과 몇 시간 만에 직접 찾으러 오진 않았을 것이다. 애초에 이렇게 집 안을 뒤져서 찾을 수 있는 거였다면 현서를 붙잡고 협박할 필요도 없었다.

머리가 지끈거렸다. 나의 뇌 사용량은 이미 한계치를 넘어섰다. 배도 고팠다. 목도 말랐다. 온몸의 근육이란 근육은 죄다 쑤시고 결렸다. 경련이 와서 파들거리는 부위도 있었다. 팔다리가 타는 듯이 뜨거웠다. 그래서 그런지 추웠다. 아니면 윗옷을 벗고 있기 때문일지도 몰랐다.

나는 옥탑방 안으로 비틀거리며 들어갔다. 행거에 걸쳐져 있는 재호의 옷 중에 맨투맨 티셔츠를 하나 골라 입었다. 몸이 너무 많이 야위어 재호 옷이 컸다. 원래도 말랐는데, 몇 시간 만에 10킬로그램은 빠진 것 같았다. 행거 밑에 100매짜리 새 물티슈가 떨어져 있었다. 물티슈를 뽑아 손에 말라붙은 피를 닦아 냈다. 잘 닦이지 않아 박박 문질렀다. 얼굴도 닦고 목도 닦았다.

"멍청이야."

"호출어 인식. 멍청이 활성화. 이수강 님, 무엇을 실행할까요?"

119 응급구조 센터와 통화할 때 내 이름을 댔더니 AI가 그걸 기억해 놓은 모양이었다.

"유 박사가 오늘 무슨 무슨 작업 했는지 말해 줘."

재호가 찾고 있던 게 무엇인지 알아야 했다. 먹을 게 있나 싶어 미니 냉장고를 열었다. 먹다 남긴 참치 샌드위치가 있었다. 거무튀튀한 색깔부터가 먹겠다는 생각조차 해서는 안 된다고 경고하고 있었다. 냉장고 문을 닫았다.

"제일 먼저, 캣박스베타에 접속하셨습니다."

"캣박스베타?"

나하고 통화한 직후 호기심이 동했던 재호가 그동안 못 찾았다던 고스트 사이트 입구를 결국 발견한 모양이었다.

"네, 캣박스베타는 10년 전 익명의 대학생이 기숙사에서 만든…."

"됐고, 화면 띄워 봐."

스크린 모니터에 캣박스베타 사이트가 떴다. 그런데 한눈에 봐도 내 것과 달랐다. 일상 게시판, 유머 게시판, 학과 관련 게시판 등 여러 가지 목록의 게시판들이 있었다.

하, 미친 존망!	1분 전
우리 과 교수 폭언 실화냐? 녹음본 有.	4분 전
도서관 민폐남 수배 때립니다.	5분 전

‘어그로’ 끄는 제목의 게시글들이 줄줄이 올라와 있었다. 나는 내 스마트폰에 있는 캣박스베타를 열었다. 거기엔 텅 빈 게시판만 있을 뿐이었다. 사이트 화면 상단에 크게 자리 잡은 메인 배너 그림도 달랐다. 내 스마트폰 사이트에는 상자 속 고양이 두 마리의 그림이 그려져 있는 데에 반해, 스크린 모니터 사이트에는 해적 모자를 쓰고 한쪽 눈에만 안대를 낀 귀여운 고양이들이 그려져 있었다.

“내 거하고 다른데?”

“이수강 님의 사이트 좌표를 알려 주시면 유 박사님 것과 비교해 보겠습니다.”

나는 문자로 받았던 캣박스베타의 길고 긴 URL을 불러 주었다. AI는 내가 불러 준 URL로 캣박스베타 사이트에 접속을 시도했다. 하지만 몇 번을 시도해도 ‘연결할 수 없습니다’라고 적힌 경고창만 떴다.

“접속이 불가합니다. 조사를 계속하길 원한다면 이

수강 님의 단말기와 저를 연결해 주시겠습니까? 와이파이로 원격 제어 또는 원격 지원을 수락해 주시면 됩니다.”

나는 시키는 대로 했다. 그러면서 이와 비슷한 방법으로 재호가 독고혁의 폰 속을 마음대로 돌아다녔겠구나, 짐작할 수 있었다. 현서가 독고혁에게 접근해 스마트폰을 잠시 빼돌린다. 원격 제어 앱을 다른 앱인 척하고 독고혁의 폰에 깔고 원격 제어 권한을 수락한다. 재호는 공유된 화면으로 얻은 독고혁의 개인 정보들을 이용해 모든 계좌의 돈을 현서의 계좌로 옮긴다.

“두 개의 사이트는 비슷해 보이지만 다른 사이트입니다.”

“내 눈엔 똑같은데? 뭐가 다르다는 거야?”

“기존 사이트는 ‘오픈 도어’이지만, 이수강 님의 사이트는 특정 단말기에만 작동하는 ‘락드 도어’입니다. 이 설정값을 벗어나는 순간 접속 권한이 소멸합니다.”

내가 아무리 AI와 끝말잇기를 하며 자란 알파 세대라 해도 이건 무슨 소린지 퍼뜩 이해되지 않았다.

“알아듣기 쉽게 설명해 줘.”

“쉽게 설명하겠습니다. 이수강 님의 캣박스베타는 이수강 님의 단말기로만 접속할 수 있습니다. 다른 사람의 단말기로는 접속할 수 없습니다.”

조금도 쉽지 않았다. 생각할수록 머릿속에서 오류가 자꾸 떴다.

“아, 진짜 쉽게, 유치원생도 다 알아듣게 설명해 달라고.”

“이수강 님이 캣박스베타로 받은 메시지들은 이수강 님의 스마트폰에서 작성된 겁니다.”

“말도 안 돼.”

내가 협박범과 실시간으로 주고받은 메시지가 내 폰에서 작성된 거라고?

“접속 로그 기록에 따르면 그렇습니다.”

이게 말이 되려면 내 스마트폰도 독고혁의 스마트폰처럼 해킹당한 상태여야 한다.

“아니, 언제부터 내 폰이 좀비폰이 된 거야?”

어젯밤에 만취한 상태에서 이상한 프로그램을 깔았던 걸까? 그게 아니면 설명이 안 되는 일이었다.

“좀비폰이 불법 해킹 프로그램으로 인해 원격으로 제어되어 사용자의 뜻대로 작동되지 않는 폰을 말한다면, 이수강 님의 스마트폰은 좀비폰이 아닙니다.”

“좀비폰이 아니라면 말이 안 되잖아. 내가 어떻게 내 폰으로 나한테 협박 메시지를 보내냐고! 난 그렇게 한 기억도 없는데.”

“물론 이론상으론 불가능합니다. 동일한 단말기에서 메시지를 주고받을 경우, 타임스탬프상 발신 시각과 수신 시각은 일치해야 정상입니다. 하지만 캣박스베타의 메시지 수발신 타임스탬프를 분석해 보면 발신, 수신 기록이 동일하지 않고 현격한 시간적 차이가 나는 부분이 다수 발견됩니다. 이는 캣박스베타의 타임스탬프 생성 기능에 생긴 오류 때문일 수도 있으나 오류는 없었습니다.”

“좀 쉽게 말하라고!”

“미래에서 과거로, 과거에서 미래로 메시지를 주고받았다는 뜻입니다.”

미래의 나와 과거의 내가 메시지를 주고받았다고? 세상에, 이걸 곧이곧대로 믿을 사람이 과연 있을까? AI도 거짓말을 한다. 없는 사실을 지어내 말하기도 하고, 잘못된 정보를 정확한 답변인 양 말하기도 한다. 지금 이것도 그런 AI의 농간 아닐까? 유리로 된 회전문에서 못 빠져나가고 빙글빙글 돌고 있는 기분이었다. 망치로 유리문을 깨부수듯이 나는 큰 소리로 내질렀다.

“야, 증명해 봐!”

못 하겠다고 할 줄 알았는데, AI는 나긋나긋한 중저음의 목소리로 대답했다.

“네, 알겠습니다.”

조금 뒤 스크린 모니터에 내 스마트폰 화면이 나타났다. 보이지 않는 손가락이 내 스마트폰 액정을 눌러서 캣박스베타에 들어가고 거기서 이것저것을 눌렀다. 그러자 스크린 모니터에 인터넷 신문을 캡처한 사진이 떴다.

오전에 주인장에게서 받았던 〈새벽 뉴스 모음〉 신문 기사였다. 날짜 부분이 잘려져 있어서 언제 게재한 건지는 알 수 없었던 '북구 재개발 지역 주택가에서 신원 미상 시체 발견'이라는 제목의 바로 그 기사였다.

"다운로드 파일함에 남아 있는 사진을 발견했습니다. 편집되어 잘려 나간 부분을 복원할 수 있었습니다. 기사 입력 날짜와 수정 날짜가 내일인 5월 13일로 표시되어 있었습니다. 혹시나 예전 기사일 수도 있어서 찾아봤지만, 지금까지 업로드된 적 없는 기사였습니다."

액정 화면이 깨져 스크롤이 원활하게 되지 않아 여러 번 눌렀었다. 그 바람에 기사 사진이 나도 모르게 다운로드된 모양이었다.

AI는 나긋나긋한 목소리를 이어 갔다.

"복원한 사진 파일을 이수강 님의 단말기에 재전송하려고 시도했으나 해당 단말기에서도 해당 번호와 해당 메시지 구조에서만 인증 토큰이 복원되어, 발신 번호를 변경하거나 메시지 패턴을 변형할 경우 인증 값 불일치로 전송이 즉시 차단되었습니다."

연타로 얻어맞아서 그런지 온몸에 힘이 빠졌다.

"제발 쉽게 말해 줘."

"이수강 님의 단말기에서 작성한 메시지라도 받았던 메시지 내용을 변경하면 발송되지 않았습니다."

"음, 그러니까 내가 오늘 캣박스베타에서 받았던 메시지는 미래에서 전송된 거다, 맞아?"

"네, 그렇습니다."

"미래의 내 폰에서 작성된 거다?"

"네, 그렇습니다."

"내 마음대로 내용을 바꿀 수도 없고 시간도 바꿀 수 없다, 맞아?"

"네, 그렇습니다."

"거짓말하지 마!"

"유 박사님이 확률 기반 추론 권한을 주지 않아서 저는 검증된 사실만을 말할 수 있습니다."

AI가 거짓말하지 못하도록 재호가 설정해 놓았다는 말이었다. 이러면 꼼짝없이 인정할 수밖에 없다. 오늘 내가 캣박스베타에서 받았던 모든 메시지가 미래의 내 폰에서 전송되었다는 사실을. 왠지 모를 패배감에 나는 언성을 높였다.

"씨발, 그럼 내가 나한테 협박 메시지를 보내고 카운트다운을 하고 그랬단 말이야?"

"그럴 가능성이 매우 높습니다."

내가 왜 화를 내고 소리를 지르고 욕을 하는지, AI는 알지 못할 것이다. 나는 프로그램 어쩌고 로그 기록 어쩌고 하는 건 아무런 상관이 없었다. 지금까지 쏟아부었던 노력이 모두 허황한 짓거리였다고 하는 것만 같아서 화가 났다.

"아니, 현서 납치 영상을 받았는데 그걸 내가 나한테 보낸 거라고 하면, 그럼 내가 납치범이란 소리가 되잖아? 현서를 살려야 하는데, 이러면 어떻게 하라는 거야? 엉? 나보고 뭘 어쩌라는 거냐고!"

나도 모르게 몸이 기우뚱 한쪽으로 쏠렸다. 이러다

넘어지겠다 싶었다. 바닥이 무너졌다. 허공을 딛고 있었다. 잡을 것 하나 없이 끝없이 추락하고 있었다.

"최현서 님 동영상 말입니까? 유 박사님도 그 동영상 파일을 가지고 있습니다."

"뭐라고?"

"재생할까요?"

나는 간신히 한 손으로 컴퓨터 책상을 짚고 넘어지지 않으려고 버티면서 말했다.

"그래. 보여 줘."

대형 스크린 모니터가 깜깜해졌다. 카메라는 흔들리면서 어딘가에 고정되었다. 카메라 렌즈가 줌아웃되면서 검은색 바지를 입은 현서가 나타났다. 낡은 사무용 의자에 청 테이프로 결박당한 모습 그대로였다. 다만 재생되는 스크린 모니터 화면이 크니까 현서의 괴로움이 더욱 생생하게 다가왔다.

피투성이의 현서가 몸부림쳤다. 그때마다 바퀴 빠진 사무용 의자가 기우뚱거렸다. 현서가 울먹이는 소리, 쌕쌕거리는 콧김 소리, 의자가 삐그덕거리는 소리도 바로 내 곁에서 들리는 것처럼 크게 울렸다.

현서의 등 뒤로는 시계추도, 시침도 없는 괘종시계가 벽에 걸려 있었다. 시계판 상단의 12를 나타내는 로마 숫자 XII 밑에 '30주년 기념'이란 글자가 보였다. 화면이 크니까 스마트폰으로 볼 때 놓쳤던 것들을 찾아낼 수 있었다.

바깥 풍경이 환하게 비치는 커튼 사이로 전봇대 같은 게 보였다. 실내가 하도 어두컴컴해서 동영상을 밤에 찍은 건가 싶었는데 아니었다. 낮에 찍은 거였다. 커튼 옆에 세워져 있는 청록색 자루에는 '북구청'이란 글자가 찍혀 있었다.

그때 검은 후드티를 입은 늑대 가면이 나타났다. 나는 스크린 속에 뛰어들어 녀석의 가면을 벗기고 목을 조르고 싶었다. 늑대 가면은 현서의 의자 등받이를 붙잡고 흔들면서 말했다.

"내가 뭘 찾고 있는지 알지? 가져와. 안 그러면 죽인다."

검은색 잭나이프가 현서의 목을 그었다. 새빨간 핏

줄기가 목선을 타고 쇄골 위로 흘러내렸다.

영상은 이번에도 현서가 피를 흘리는 장면에서 끝났다.

"재호는 이거 언제 받았어?"

"유 박사님 단말기로 오늘 오후 1시에 수신되었습니다."

나와 통화한 뒤였다. 이제야 이 녀석이 속 편하게 늦잠을 자고, 캣박스베타의 좌표를 찾아다니고 했던 이유를 알겠다. 늑대 가면의 협박 동영상을 몇 시간 전에 받았던 거였다.

"뭐로 받았어? 이메일? 스마트폰?"

"스마트폰으로 수신되었습니다."

"발신 번호는?"

"최현서 님 전화번호였습니다."

오전엔 현서의 전화기가 꺼져 있었다. 납치범이 꺼 두었던 폰 전원을 다시 켰던 모양이다.

'내가 뭘 찾고 있는지 알지? 가져와. 안 그러면 죽인다.' 늑대 가면의 말이 이해되었다. 밤새 고문에 가까운 폭행을 당했음에도 현서는 '물건'을 내놓지 않았다. 아니, 어쩌면 내놓지 못했을 수도 있다. 애초에 현서가 갖고 있지 않은 물건이었다. 재호가 갖고 있었으니까.

"재호는 이 협박 동영상을 받고 나서 무슨 작업을 했어?"

'물건'을 찾기 위해 재호가 무슨 일을 했는지 알아야 했다. 그걸 안다면 눈보라 속의 로프처럼 붙잡고 앞으로 나아갈 수 있을 것 같았다.

"유 박사님은 영상 파일 메타데이터로 협박 영상이 최현서 님의 스마트폰으로 촬영한 거라는 걸 알아냈습니다."

"그다음엔 재호가 뭘 또 지시했어?"

"독고혁 님의 스마트폰 위치를 추적하였습니다."

재호도 나처럼 독고혁이 늑대 가면일 거라고 예상했던 모양이다. 늑대 가면은 애초에 접선 장소를 말할 필요도 없었다. 재호가 스마트폰을 추적해 알아서 찾아올 거라고 예상했기 때문이다.

“그다음엔?”

“하드디스크에 저장 중이던 파일들을 USB로 옮겼습니다.”

미치겠다. 재호의 호주머니를 뒤져 볼 생각을 못 했다. 아니, 친구가 피 흘리고 쓰러져 있는 상황에서 호주머니를 뒤지고 있을 인간이 어디 있을까.

“하드디스크에 원본 파일 남아 있는 거 없어?”

“원본 파일은 삭제했습니다.”

“복구 안 돼?”

“유 박사님의 별도 인가가 있어야만 가능합니다.”

“또 지시한 건 없어?”

“더 이상의 작업 지시는 없었습니다.”

머릿속이 어지러웠다. 뭔가 복잡하고 조악한 퍼즐을 맞추고 있는 것 같았다. 그것도 공장에서 잘못 찍혀진 불량품을 말이었다.

“지금 내 스마트폰으로 재호가 조사했던 것들 전부 넘겨 줘.”

“알겠습니다.”

애초에 협박 동영상은 내가 아닌 재호한테 보내진 것이었다. 재호는 독고혁에게서 훔쳐 낸 물건을 USB에 담아서 가져가려고 했다. 그런데 누군가의 습격을 받았고, USB는 지금 누구 손에 있는지 알 수 없는 상태다. 이 일련의 일들 때문에 재호는 독고혁에게 USB를 가져다주지 못하고 현서는 목숨을 잃는다. 그걸 알게 된 미래의 '내가' 나한테 협박 동영상을 보내 USB를 찾아서 독고혁에게 가져다주게 만든다.

이게 지금 상황에 가장 맞는 시나리오였다. 그렇다면 나는 그 시나리오대로 움직여 줘야 한다. 그래야 현서를 살릴 수 있다. AI의 원격 제어를 끊고 119 응급구조 센터에 전화를 걸었다.

"조금 전에 6층 옥탑방 화장실에 친구가 쓰러져 있다고 신고했던 사람인데요. 제 친구가 어느 병원으로 갔는지 알고 싶어서요."

다행히 신고 당사자에겐 환자가 이송된 병원을 알려 줄 수 있다고 했다. 시간이 이제 얼마 남지 않았다. USB를 찾아야 한다.

84

재호가 실려 간 병원은 택시로 8분 거리에 있었다. 그렇게 크지 않은 중형 병원이었다.

응급실 자동문으로 들어서자마자 나는 눈으로 재호를 찾았다. 환자용 침상에 커튼이 쳐져 있어서 재호를 찾을 수가 없었다. 응급실 의료진 데스크로 가 유재호라고 두부 손상 응급 환자가 들어오지 않았냐고 물었다.

"유재호 환자, 지금 응급처치받고 대기 중입니다. 보호자분이 동의서 쓰러 가셨는데, 곧 CT 및 정밀 검사를 받을 거예요. 의식을 아직 못 찾고 있으니까 면회는 안 돼요."

"제가 그 친구 발견하고 119에 신고했어요. 괜찮은

지 얼굴만이라도 좀 보게 해 주세요."

간호사는 나를 위아래로 훑어보았다. 비쩍 마른 데다 희멀거니 생긴 내가 땀까지 흘려 가며 애원하자 안쓰러웠는지 커튼이 쳐진 병상 중 하나를 손가락으로 가리켰다.

"저쪽이에요."

"감사합니다."

나는 꾸벅 인사를 하고 간호사가 가리킨 곳으로 갔다. 후들거리는 다리에 힘을 꽉 주고 최대한 자연스럽게 걸었다. 여기서 쓰러지면 나도 병실행일 수 있었다. 커튼을 살짝만 젖혀 몸을 집어넣었다. 재호가 머리에 붕대를 감고 누워 있었다.

"야, 괜찮냐?"

내 말에 반응이라도 하듯 재호의 눈썹이 꿈틀거렸다. 그걸 보자 나도 모르게 질문들이 터져 나왔다.

"야, 정신 들어? 독고혁이 늑대 가면이지? 늑대 가면한테 갖다줘야 하는 게 USB 맞아? USB에 뭘 복사한 거야? "

두 손으로 재호의 피 묻은 청바지를 뒤졌다. 마음이 급해서 그런지 손놀림이 거칠어졌다. 엉덩이를 밀치고서 뒷주머니를 뒤졌다. 아무것도 없었다.

"으으응."

재호가 신음했다. 나는 깜짝 놀라 재호에게 얼굴을 바짝 들이밀었다.

"정신 좀 차려 봐. 야, USB는 어쨌냐? 널 습격한 새끼가 USB 갖고 간 거야? 그 새끼는 누구야? 얼굴 봤어?"

재호가 입술을 달싹거렸다.

"박… 도…."

"뭐? 박도? 박도민? 널 이렇게 만든 새끼가 박도민이야?"

마지막 DM을 나누었을 때 박도민은 오후에 일정이 있다고 했다. 그게 재호를 습격하는 것일 줄은 몰랐다.

"박도민이가 USB 가져갔냐고!"

"모, 몰크…."

"모른다고?"

커튼 밖에서 간호사의 호통이 들려왔다.

"저기요, 여긴 병원입니다. 소란스럽게 하면 안 돼요."

"죄, 죄송합니다."

나는 허공에다 대고 큰 소리로 말했다. 그러고는 재호의 귀에 빠르게 속삭였다.

"야, 이 형아보다 먼저 가면 안 된다. 나중에 내 휠체어에 로켓 부스터 네가 달아 줘야 하거든. 그러니까 꼭 멀쩡하게 일어나라. 알아들었냐, 이 자식아?"

신음하고 있는 재호를 두고 돌아서는데, 눈가가 촉촉해졌다. 다친 사람은 나뿐이었다. 병든 사람은 나뿐이었다. 죽는 사람도 나뿐이었다. 지난 3년 동안 그렇게만 생각했다. 그래서 죽음이 너무 더디게 찾아온다고 원망했다. 내가 아끼고 사랑하는 사람들에게 이토록 빨리, 그리고 맹렬하게 죽음의 급류가 덮칠 거라곤 생각지도 못했다.

나의 고통이 세상의 전부였던 건 내가 나만을 바라보았기 때문임을 깨달았다. 고개를 돌릴 근육과 힘이 아직 남아 있는 지금, 나한테만 향해 있던 시선을 거

두고 세상을 바라보기로 마음먹었다.

아틀리에 '직조', 박도민이 말했던 파티 장소였다. 박도민에게서 초대장인 QR 코드를 받지 못했는데도 입장이 가능할지 의문이었다. 후줄근한 맨투맨 티셔츠에 회색 운동복 바지를 입은 눅진 머리는 단번에 거절당할 게 뻔했다.

띠리띵 띵띠링.

미래의 나에게서 1:1 채팅방 초대장이 날아왔다.

river_v4님이 입장하였습니다.

river_v4 : 이거 미래에서 보내는 메시지 맞냐?

river_v4 : 근데 왜 이렇게 좆빵이를 치게 만드는 거야?

river_v4 : 결말만 말해 주면 되잖아?

주인장은 이번에도 별말이 없었다. 답답해서 폰을 집어던지고 싶었다. 그때였다. 주인장이 SNS 게시물 캡처본을 채팅창에 띄웠다.

lu_mi_nalee_e [안녕하세요. 사진작가 이루나입니다.]

먼저 이렇게 늦은 사과문을 올리게 되어 죄송합니다. 지난 5월 12일, 저는 정말 돌이킬 수 없는 잘못을 저질렀습니다. 그동안 저를 사랑해 주신 분들에게 많은 실망감을 드려 죄송합니다. 그리고 무엇보다 제 한순간의 불찰로 피해를 입은 이 군과 이 군의 가족분들에게 진심으로 사죄드립니다.

저는 제 아틀리에 '직조'에서 지인들과 함께 저녁 식사 자리를 가지게 되었고, 평소 술을 잘 마시지 못하는 편이라 식사에 곁들인 와인 몇 잔에도 판단력이 흐려질 정도로 만취하게 되었습니다. 그래도 음주 운전만큼은 해서는 안 되는 것이었기에 대리기사님을 불렀지만, 기사님을 기다리고 있는 와중에 주차 문제로 제 차를 빼 줘야 하는 일이 생겼고, 저는 주차장에서 운전하는 것 정도는 괜찮지 않을까 하는 안일한 생각에 운전대를 잡고 말았습니다.

차에 시동을 걸고 출발하려던 때에 이 군이 뛰어들었고 저는 미처 이 군을 발견하지 못하고 교통사고를 냈습니다. 한순간의 잘못된 생각으로 저는 그만, 이 군에게 전치 3주의 부상을 입히고 말았습니다.

모두 제 불찰이고 제 잘못입니다.
이 군과 이 군의 가족분들이 입은 모든 신체적, 정신적 피해에 대해 책임지고 보상하겠습니다. 앞으로 다시는 이런 일이 벌어지지 않도록 깊이 반성하고 또 반성합니다. 다시 한번 진심으로 사과드립니다.

아틀리에 직조의 주인이자 박도민이 초대한 프라이빗 파티의 주최자인 사진작가 이루나의 자필 사과문이었다. '애가 튀어나오는데 그걸 어떻게 알아차려?' '그 밤에 주차장에서 뛰어놀게 한 부모가 이상한 거 아냐?' '그래도 음주 운전은 잘못한 거지.' '언니, 이제 언니 작품 당분간 못 보는 거예요?' 등등 게시글에 달린 댓글들도 보였다.

사과문의 내용을 보니 사고가 발생한 날인 5월 12일은 오늘이었다. 주인장이 미래의 SNS 게시물을 캡처해 보여 준 것이었다. 주인장의 의도를 알 것 같았다. 저런 소동이 벌어지고 있는 틈에 아틀리에 내부로 잠입하라는 지시였다.

주인장 : *4시간 남았다.*

river_v4 : 아니, 카운트다운만 하지 말고 그냥 현서가 지금 어디에 있는지 말해 주면 되잖아?

주인장은 대꾸 없이 채팅을 종료시켰다. 불현듯 메

시지의 내용을 조금이라도 변경하면 메시지 발송이 취소된다고 했던 AI 멍청이의 말이 떠올랐다. 주인장은 이 지난한 이야기의 결말을 일부러 말해 주지 않는 게 아니었다. 할 수 없는 것이었다. 택시를 불렀다. 목적지는 아틀리에 직조였다.

85

그대로 드러나 있는 시멘트 블록 외벽과 톱날 같은 세 개의 삼각 지붕이 옛 방직공장의 모습을 그대로 간직하고 있었다. 아틀리에 직조는 폐업한 방직공장을 전시장과 아틀리에로 리모델링한 곳이었다. 건물 정면의 시멘트 외벽에 빔 프로젝터를 쏘아서 전시 중인 여러 사진 작품을 밖에서도 감상할 수 있게 해 놓은 점이 인상적이었다.

내가 도착했을 땐 이미 주차장에서 발생한 작은 사고로 사람들이 모여 있었다. 구급대원들이 다친 아이를 옮기는 중이었다. 아이의 부모가 사진작가 이루나의 멱살을 잡고 실랑이를 벌이고 있었다. 멀리서 봐도 이루나는 만취한 듯 몸을 가누지 못했다. 이루나의 지인들이 엉킨 세 사람을 뜯어말렸다.

　신고를 받고 출동한 경찰차가 경광등을 켜고 요란스럽게 주차장으로 들어섰다. 원래라면 초대장으로 받은 QR 코드를 입구에 설치된 스캐너로 인증받아야만 자동문이 열리는 시스템이었다. 하지만 경찰과 구급차가 출동하는 바람에 자동문을 수동으로 활짝 열어 놓은 상태였다. 그 덕에 나는 몰래 직조 안으로 들어갈 수 있었다.

　들어가자마자 인간의 근육처럼 엮인 실타래들이 죽 이어져 있는 복도가 나를 먼저 반겼다. ㄹ 자 모양의 불쾌한 근육 복도를 지나야만 널찍한 전시장 안에 들어설 수 있었다. 전시장 안에는 제1차 산업혁명 때에나 사용했을 법한, 커다란 목재 방직기가 심장처럼 홀 정중앙에 놓여 있었다.

　ㄹ 자 모양의 복도 때문인지 아직 바깥 상황을 눈치채지 못한 파티 참석자들이 전시장 안을 어슬렁거리며 술을 마시고 있었다. 어울리지 않는 복장의 나는 눈에 띄지 않으려고 전시장 스태프인 양 일부러

‘기계실이 어디 있나?’ 혼잣말하며 두리번거렸다. 전시장 안에는 박도민이 없었다.

“저쪽으로 가면 기계실이 있어요.”

핑크색 레이스 슬립 원피스 차림의 여자가 샴페인 잔을 쥔 손으로 전시장 한쪽을 가리켰다.

“아, 감사합니다.”

나는 꾸벅 인사를 하고 하는 수 없이 여자가 가리킨 곳으로 절룩거리며 들어갔다.

그곳은 기계실이라기보다는 보안실에 가까웠다. 건물 외벽에 쏘고 있는 빔 프로젝터를 관리하는 컴퓨터뿐만 아니라 전시장 곳곳에 설치해 놓은 CCTV와 연결된 모니터도 있었다.

아홉 개로 분할된 컴퓨터 모니터 속에서 나는 박도민의 모습을 찾았다. 박도민이 등장한 곳은 이루나의 작업실이었다. 나는 얼른 작업실로 가려다가 멈춰 섰다. 박도민의 행동이 하도 수상해서였다.

박도민은 철제 의자 위에 올라서서 작업실 천장에다 뭔가를 설치하고 있었다. 화재경보기 같은 걸 붙이고 있었는데, 단단히 붙었는지 몇 번이나 점검한 후 의자에서 내려왔다. 그러고선 제 스마트폰을 꺼내 천장과 폰을 번갈아 바라보며 뭔가를 확인했다. 마지막으로 철제 의자를 이루나의 작업대 앞에 도로 갖다 놓았다.

이루나의 작업대 위에는 오늘 파티에 쓸 핑거푸드 케이터링 박스가 놓여 있었다. 박도민이 주머니에서 지퍼백을 꺼내더니 박스 안에 내용물을 쏟아 넣었다. 자세히 볼 순 없었지만 작은 별사탕 같은 거였다. 만족스러운지 박도민은 혼자서 낄낄거렸다.

녀석의 수상한 짓거리는 거기서 끝이 아니었다. 화재경보기처럼 생긴 물건을 들고서 작업실을 나간 박도민이 향한 곳은 화장실 쪽이었다. 남녀 화장실이 마주 보는 구조였는데, 녀석은 분명히 여자 화장실로 들어가려고 했다. 그러다가 안에 누가 있는지 멈칫한 뒤에 남자 화장실로 얼른 몸을 숨겼다.

이쯤 되니 박도민이 무슨 짓을 벌이고 있는지 알 것 같았다. 아틀리에 곳곳에 '몰카'를 설치하고 있는 거였다. 지금 건물 밖 주차장에 경찰차가 와 있는지도 모르고 말이었다. USB도 USB지만, 박도민이 저런 더러운 짓거리를 하게 내버려둘 수가 없었다.

"생각해라, 생각해. 뇌까지 근육으로 만들어진 건 아니잖아. 생각해."

나는 건물 외벽에 사진들을 전시하고 있는 빔 프로젝터를 떠올렸다. CCTV 모니터 옆에는 빔 프로젝터를 관리하는 노트북이 열려 있었다. '이 두 개를 연결하면 되겠다.' 이게 공부보다 운동을 좋아하는 중간 계급인 내가 머리를 쥐어짜서 내놓은 아이디어였다. 하지만 나는 연결하는 방법을 몰랐다. 재호처럼 컴공과도 아니고 공상충도 아니었으니까 당연했다.

그때 수십 테라바이트짜리 신경망 서버를 이용해서 나를 약 올리던 ChatGPT가 내 스마트폰에 아직 깔려 있다는 게 생각났다. 나는 ChatGPT를 열어 글자를 입력했다.

CCTV 화면과 빔 프로젝터를 연결하는 방법을 알려 줘.

CCTV 화면과 빔 프로젝터를 연결하는 방법은 매우 간단합니다.
CCTV 화면을 **전체 화면(F11)으로 확장**한 뒤,
빔 프로젝터 제어 패널에서 입력을
'PC 화면' 또는 'Wireless Display'로 전환하면 됩니다.

"<u>오오오.</u>"

입에서 환호성이 절로 터져 나왔다. 나는 노트북에서 프로젝터 설정 페이지를 열어 ChatGPT가 시키는 대로 했다. 그러자 화장실 앞을 비추는 CCTV 장면이 노트북 모니터에 나타났다. 남자 화장실에서 나온 박도민이 여자 화장실 쪽을 기웃거렸다. 손에는 화재경보기 모양의 몰카를 들고 있었다. 안에 아무도 없는 것을 확인한 박도민이 여자 화장실로 들어갔다.

이 장면이 지금 건물 정면의 빔 프로젝터로 실시간 방송되고 있을 것이었다. 구급대원과 경찰관의 눈앞에서 말이었다. 잠시 후 뭐가 그렇게 좋은지 박도민이 낄낄거리며 여자 화장실을 나왔다. 입구에 서서 이번에도 제 스마트폰을 들여다보며 몰카가 잘 설치

되었는지 확인하고 있었다.

그런데 그때, 경찰관 두세 명이 박도민에게 달려왔다. 경찰관 한 명은 여자 화장실 안으로 들어갔고, 나머지 경찰관은 박도민에게서 스마트폰을 빼앗았다. 박도민은 몸을 뒤로 빼며 살짝 저항했지만, 경찰관의 손에 의해 밖으로 끌려 나갔다.

쌤통이었다. 입꼬리가 저절로 올라갔다. CCTV 모니터를 보니 박도민은 경찰에 포위되어 전시장을 빠져나가고 있었다. 그 모습을 웃으며 보고 있는데, 박도민이 바지 뒷주머니에서 뭔가를 꺼내 방직 기계 쪽으로 던졌다.

혹시? 나는 절룩거리며 급히 전시장으로 나갔다. 목재 방직기 밑에 USB가 떨어져 있었다. 〈미래소년 코난〉 애니메이션의 주인공, 코난과 라나가 입을 맞추는 명장면이 각인된 USB였다. 재호의 것이 분명했다.

도대체 이 안에 뭐가 들었길래 박도민이 재호를 습격해서 빼앗은 건지 궁금했다. 나는 USB를 들고 기계실로 되돌아갔다. 곧 있으면 경찰이 빔 프로젝터와 CCTV가 연결된 경위를 조사하기 위해 기계실로 찾아올지 몰랐다. 시간이 별로 없었다.

나는 먼저 빔 프로젝터의 설정을 되돌려 놓은 다음 노트북에 USB를 꽂아 안에 든 파일을 확인했다. 거기엔 수백 개의 동영상 파일이 들어 있었다. 루미너스 클럽에서 그동안 수집했던 수많은 굴욕, 능욕 영상뿐만 아니라 박도민이 몰카로 수집한 것들까지 저장되어 있었다.

가장 충격적인 것은, 평범한 대학생들이 별사탕 같은 걸 나눠 먹고 난교 파티를 벌이는 장면이었다. 이루나에게 몰래 먹이려고 상자에 뿌렸던 별사탕이 마약 캔디인 것이었다. 전자 담배 형태의 액상 마약을 흡입하는 또래들도 찍혀 있었다.

이것은 동영상 속 아이들에겐 도저히 끊어 낼 수 없는 족쇄이자 평생을 따라다닐 노비문서였다. 그래서 현서와 재호는 이 영상들을 몽땅 훔쳐 버린 것이었다. 하지만 그와 동시에 빼도 박도 못하는 루미너스 클럽의 범죄 증거이기도 했다. 불법 대출, 불법 추심, 마약 유통, 성착취 영상 불법 촬영 등등 죄목이 여럿이었다. 이를 잘 아는 재호는 고민 끝에 파일을 완전히 파괴하지 않고 제 컴퓨터에 몰래 보관하기로 마음먹었을 것이다.

그래도 한 가지 의문점은 여전히 남아 있었다. 늑대 가면이 독고혁이라면, 박도민이 했던 것처럼 그냥 재호를 습격해서 빼앗으면 될 일이었다. 굳이 현서를 납치하고 재호에게 물건을 가져오라고 할 게 아니라. 아니, 아무도 모르는 곳에 숨긴 파일을 재호가 USB로 옮기게끔 하려고 현서를 납치할 필요가 있었던 걸까? 그렇다면 박도민이 재호의 USB를 손에 넣었을 시점에 현서는 풀려나야 하는 것 아닌가?

띠리띵 띵띠링.

제길, **3시간** 남았다는 메시지가 도착했다. 미래의 내가 여전히 죽음의 카운트다운을 하는 걸 보면 현서는 아직 늑대 가면의 손에 붙들려 있는 게 확실했다. 나의 평범한 뇌로선 도저히 이 퍼즐을 딱딱 맞출 수가 없다. 더 이상 고민하지 말고 한시라도 빨리 USB를 늑대 가면에게 가져다줘야 한다. 나는 노트북에서 USB를 제거한 후 호주머니에 집어넣었다.

　이번에 앱으로 부른 택시는 뒤통수까지 훌러덩 머리가 벗어진 대머리 할아버지가 운전대를 잡고 있었다. 내가 어기적거리며 좀처럼 택시에 빨리 탑승하지 못하자 기사님이 운전석에서 내려 나를 부축해 주기까지 했다. 그게 미안했던 나는 룸미러로 기사님과 눈을 마주치며 억지웃음을 지어 보였다. 그런데 그걸 스몰 토크라도 나누자는 신호로 받아들였는지 기사님이 말을 걸어왔다.

　"집에 가는 길이야?"

　"아, 아니에요."

　"아아, 그럼 할머니 댁에 가는 길인가 보네."

　"네, 네."

나는 이제 입을 움직일 힘도 없어서 건성으로 대답했다.

"이번에도 재개발 엎어졌다지?"

"네? 아, 네."

"동네가 워낙 후져서 재개발하긴 해야 하는데, 당장에 갈 곳 없는 노인분들한테는 그런 말이 귀에 들어오나? 나중에 아파트 입주권 준다 해도 나 죽고 나면 그게 다 무슨 소용이야? 땅 밀고 아파트 올리는 데 몇 년이 걸릴 줄 알고. 보상금이라고 해 봐야 딴 동네 월세 보증금 값밖에 더 돼?"

고개를 주억거리며 나는 뒷좌석에 몸을 기댔다.

"그러니까 재개발 얘기만 나오면 구암동 노인들이 죽어 나가는 거 아니야. 지난달에도 고독사했다고 뉴스가 뜨던데, 고독사가 다 뭐야. 타살이지, 타살!"

"네?"

구암동에 병든 노인들만 골라서 죽이는 연쇄살인 범이라도 살고 있다는 말인 줄 알고 깜짝 놀랐다.

"사회적 타살이지. 사회가 가난하고 병든 노인들한

테 무관심하고 소외시키고 있잖아? 그래서 내가 이 나이 먹도록 운전대 안 놓고 있는 거야. 지지난 달에 아들 내외가 찾아와서 어차피 나중에 받을 유산 미리 증여해 달라고 하대. 어디 감히! 절대 안 된다고 했지. 늙어서 무시 안 당하려면 어떻게든 내 재산을 꽉 틀어쥐고 있어야 해!”

기사 할아버지의 이야기는 전 재산을 증여로 자식들한테 물려주었다가 천덕꾸러기 신세로 전락해 요양원에서 생을 마감한 지인의 에피소드로 넘어갔다.

“학생, 도착했어.”

기사 할아버지의 말에 화들짝 놀라며 잠에서 깼다. 와 씨, 내가 깜빡 졸았다는 걸 그제야 깨달았다. 이러다가 늑대 가면에게 USB를 가져다주기도 전에 기절해 버리는 게 아닐까, 걱정되었다. 그만큼 뼛속까지 온몸의 힘이 다 빠져나간 상태였다.

“가, 감사합니다.”

현금을 지불하고 나는 뒷좌석 시트에 들러붙은 엉덩이를 겨우 떼어 내어 택시에서 내렸다. 택시에서 내리고 보니 커다란 느티나무 앞이었다. 한때는 동네 어르신들의 그늘이 되어 주었을 그 자리에 문짝이 떨어진 가구나 깨진 거울 따위가 나와 있었다.

구암동은 조합원아파트 건설을 추진하다가 여러 가지 문제로 시공사를 구하지 못하고 결국 재개발이 엎어진 구역이었다. 그렇다 보니 담벼락이나 대문간에 빨간 스프레이로 공가라고 적혀 있는 폐가가 많았다. 이사 가지 않고 거주 중인 가구는 노쇠한 독거노인 세대가 대부분이었다. 루미너스 클럽이 '스펙 쌓기'용으로 자원봉사를 하러 다니는 지역도 주로 구암동이었다.

나는 폰으로 지도 앱을 켰다. 목적지 주소창에 '북구 구암북3길 17-2'를 입력한 후 걷기 모드로 실행시켰다. 폰 화면 속 푸른 선을 따라 걷기 시작했다. 시각은 벌써 8시를 넘어갔다. 사위가 어둑어둑했다.

직진하다가 왼쪽으로 꺾었다. 분명히 화면 속 지도상으론 길이 이어져야 했는데, 막다른 길이 나왔다. 다시 돌아서 나오니 경로를 이탈했다며 새 경로를 탐

색하겠다는 안내 음성이 흘러나왔다. 새 경로를 따라

가도 비슷했다. 이어져 있어야 할 길은 끊겼고, 왼쪽

으로 꺾여 있어야 할 길은 오른쪽으로 꺾여 있기 일

쑤였다.

이쯤 되면 인정해야 할 건 인정해야 한다. 나는 지

독한 길치고 몇십 분 동안 헛수고만 했다. 그때 멀리

서 강기만의 모습이 언뜻 보인 것 같아 나는 본능적

으로 골목길 안쪽에 몸을 숨겼다. 다른 동네 같았으

면 저런 문신 오크가 잠시 어슬렁거리기만 해도 파출

소에 순찰 강화 요청이 들어갈 터인데, 이 시각의 여

기는 유령 동네나 다름없었다.

뭘 하고 있나 고개만 빼꼼히 내밀어 살펴보니, 강

기만이 땅바닥에 바짝 엎드려 헌 옷 수거함 밑에 손

을 집어넣고 있었다. 마주치지 않는 게 좋을 것 같아

서 나는 몸을 돌려 왔던 길을 되돌아갔다.

새 경로를 탐색하겠다는 안내 음성이 또 흘러나왔

다. 좀 전에 지나쳤던 집 앞을 걸어가고 있을 때였다.

담벼락에 커다랗게 X 자 모양으로 빨간 페인트가 칠

해진 집에서 스마트폰 벨 소리가 터져 나왔다. 나는 홀린 듯이 그 집 대문을 열고 들어갔다.

벨 소리는 잡풀로 뒤덮인 마당 한쪽에서 들려왔다. 소리를 따라 가까이 다가갔다. 최신형 스마트폰이 반짝거리며 밤의 정적을 깨뜨리고 있었다. 액정 화면엔 '강기만'이라는 이름이 떠 있었다. 폰을 집어 들려고 손을 뻗다가 나는 숨을 흡, 하고 들이마셨다.

누군가 대자로 누워 있었다. 자세히 보기 위해 폰을 열어 손전등을 켰다. 손전등 불빛 아래 드러난 자는 독고혁이었다. 나는 태어나 지금껏 쥐새끼 한 마리도 죽은 걸 본 적이 없었다. 하지만 독고혁을 손전등 불빛으로 비추어 본 순간 '시체'라는 느낌이 단번에 들었다.

퍼석한 머리카락, 회백색의 피부, 반쯤 감기다 만 눈꺼풀, 초점 잃은 동공. 눈 밑에서 광대까지 빨간색 점들이 주근깨처럼 돋아나 있었다. 목에는 붉은 손자국이 선명하게 남았다. 목이 졸려 죽은 게 분명했다.

신발은 벗겨진 채였고 양말 뒤꿈치가 새까맸다. 그

리고 그 옆에 늑대 가면이 떨어져 있었다. 협박 영상 속의 늑대 가면이었다. 예상했던 대로 납치범은 독고 혁이었다. 그러자 불길한 예감이 스쳤다. 혹시 현서가 독고혁을 죽인 게 아닐까? 탈출하는 과정에서 몸싸움이 벌어졌고 어쩔 수 없이 현서가 반격한 게 아닐까? 그렇다면 나는 어떡해야 하지? 지금 당장 독고혁의 시신을 숨겨야 하나?

그때였다. 등 뒤에서 철제 대문이 열리며 끼이이익, 하는 소리가 내 귀를 긁었다. 나는 깜짝 놀라 뒤돌아보았다. 문신 오크가 커다란 몸을 구부리며 대문 안으로 들어섰다. 잡초 위에 널브러진 독고혁과 그 곁에 서 있는 나를 번갈아 보던 강기만이 귀에 대고 있던 스마트폰을 호주머니에 집어넣으며 말했다.

"씨발, 좆 됐다. 맞지?"

내가 뭐라고 대꾸하기도 전에 강기만의 돌주먹이 얼굴 한가운데로 날아들었다. 뒤통수가 땅바닥에 부딪쳤다. 눈앞이 깜깜해졌다. 나는 어둠 속으로 삼켜졌다.

87

눈을 떴을 땐 차 안이었다. 뒤통수가 쪼개진 듯 아팠고 머리통이 욱신거렸다. 속이 매스껍고 눈앞이 흐릿했다. 결박당하지 않았는데도 몸이 마음대로 움직여지지 않았다. 겨우 머리를 들어 올려 일어나 앉았다. 룸미러로 강기만의 웃음기 가득한 눈매가 보였다.

"일어났냐, 좆만아?"

구불구불한 비포장길을 따라 올라가던 차가 산 중턱의 낡은 컨테이너 창고 앞에 멈춰 섰다. 컨테이너 창고는 조악한 꼬마전구들로 장식되어 있었다. 불규칙적으로 깜빡이는 꼬마전구 불빛이 컨테이너를 불온한 장소처럼 보이게 했다.

“야, 내려!”

나는 차에서 비틀거리며 내렸다. 컨테이너 앞에는 사륜 바이크 두 대와 커다란 바비큐용 그릴이 먼지를 뒤집어쓴 채 세워져 있었다. 컨테이너 뒤쪽은 속을 가늠할 수 없을 만큼 빽빽한 숲이었다.

차 트렁크가 닫히는 소리에 나는 그쪽으로 고개를 돌렸다. 기만이 커다란 벌목도를 들고 나타났다. 유선형의 칼날에 꼬마전구 불빛이 비쳐 번쩍거렸다. 강기만의 얼굴에도 불길 같은 잔광이 어른거렸다.

“자, 할 말 있으면 해 봐.”

나는 뒷걸음질 치며 뒤를 살폈다. 몇 걸음 뒤는 가파른 산비탈이었다. 잡목림 사이로 산비탈 아래의 2차선 도로가 얼핏 보였다. 가로등 불빛이 희미하게 빛나고 있었다.

“제, 제가 죽인 거 아니에요.”

강기만을 향해 나는 두 손을 치켜올렸다.

“알아.”

강기만은 기세 좋게 벌목도를 허공에다 휘저었다.

어찌나 세게 휘두르는지 붕붕 소리가 났다.

"몰랐다면 더 좋았겠지만."

아쉬움을 달래는 듯 입을 쩝쩝 다시는 강기만에게 나는 영화 속 형사들처럼 기습 질문을 던졌다.

"독고혁은 왜 죽였어요?"

"무식하다고 사람한테 이래라저래라 하는 게 짜증 나서, 라고 말할 것 같냐? 나도 안 죽였어, 새끼야."

강기만이 비열하게 낄낄대는 소리가 메아리쳤다.

"그러면 저한테 이렇게까지 하는 이유가 뭔데요?"

어쩌라는 거냐는 식으로 벌목도를 어깨에 척 걸치더니 강기만이 말했다.

"경찰에 신고할 거잖아?"

"죄를 덮기 위해 더 큰 죄를 저지르겠단 말이에요?"

기가 막힌다는 듯 강기만은 입을 헤, 벌리고 나를 쳐다보았다. 그 표정을 보고서야 나는 깨달았다. 이 새끼는 이미 살인을 저질렀던 놈이다. 독고혁은 아닐지 몰라도.

"너 미지 그년 좋아하지?"

갑자기 미지 누나 이야기가 나와서 나는 당황했다. 치켜올렸던 두 손을 마구 흔들어 댔다.

"아, 아니요. 아니에요."

"그럼 미지 그년이 너 좋아하냐? 갑자기 나를 성폭으로 고소하겠다는데, 그년 혼자서 생각해 낸 것 같지는 않고, 네가 부추긴 거 아냐?"

"아닌데요. 누나도 참다 참다 못 참아서 그렇게 한 거겠죠."

하, 하고 콧방귀를 끼고서 강기만은 위협 경고를 하듯이 벌목도의 끝을 나에게 겨누었다.

"뭐 어때. 아무래도 이제 상관없다."

뒷걸음질 치는 다리가 후들거렸다.

"자, 도망쳐. 마지막 기회는 줘야지."

등 뒤는 급경사였다. 하지만 벌목도를 휘두르는 강기만의 앞을 가로질러 도망칠 재간은 없다. 어찌어찌 녀석을 지나친다 하더라도 이런 몸으로 울퉁불퉁한 비포장길을 내달리는 건 무리다. 지금도 움직일 때마다 팔다리가 후들거리는데.

"어서 가라고. 도망가."

내가 떨면서 가만히 서 있자 강기만이 벌목도를 크게 휘둘렀다. 서슬 퍼런 칼날이 내 곁을 스치더니 바로 옆 나뭇가지를 잘랐다. 나무껍질 파편이 얼굴에 튀었다. 위력이 대단했다. 강기만이 흥분하며 오오호, 하고 소릴 질렀다.

"도망가라고! 여기서 죽으면 아무도 몰라!"

나는 그나마 발 디딜 부분이 있어 보이는 바위를 골라 발을 내디뎠다. 그런데 바위인 줄 알았던 것이 사실은 흙무더기였다. 푹 꺼지면서 몸이 아래로 미끄러졌다. 미끄러지면서 돌부리에 이마가 깨지고 나무둥치에 옆구리가 걷어차였다. 두 손을 뻗어 뭐라도 붙잡으려고 허우적댔다. 수풀과 나뭇가지들이 맥없이 손가락 사이를 빠져나갔다.

옆구리가 커다란 고목에 걸리면서 미끄러지는 걸 겨우 멈출 수 있었다. 나는 갈비뼈에 금이 간 듯 극심한 고통에 헉헉거리며 위쪽을 올려다보았다. 벌목도는 보이지 않았다. 강기만은 이쪽 지리를 잘 아는 모양이었다. 굳이 산비탈에서 구르지 않아도 나를 추적할 루트를 알고 있을 것이다.

아래쪽을 바라보았다. 2차선 도로까지 무사히 내려가면 지나다니는 차량에 도움을 요청할 수 있을 것이다. 하지만 그곳에서 강기만이 덫을 놓고 기다리고 있을지도 모른다.

우스웠다. 몇 달 전만 해도 나는 자살하려고 했다. 죽음의 순간이 조금씩 그리고 천천히 다가오는 것에 분노했었다. 그런데 지금은 어떻게든 살아 보겠다고 발버둥 치는 꼴이라니.

곧바로 고개를 저었다. 죽을 때 죽더라도 저런 쓰레기 같은 문신 오크 손에는 죽지 말자. 모든 힘을 도망치는 데 집중하자. 살아남자. 그때 나를 지탱하고 있던 고목이 비스킷처럼 쪼개졌다.

"아악!"

나는 눈을 질끈 감았다. 두 손으로 머리통을 감쌌다. 바람 빠진 풍선처럼 이리저리 부딪치며 굴러떨어졌다. 퍽! 턱과 가슴과 배에 극심한 타격감이 느껴졌다. 순간적으로 숨이 쉬어지지 않을 정도였다. 허파가 짜부라진 것 같았다.

겨우 정신을 차리고 주위를 둘러보니 딱딱한 시멘트 바닥에 떨어진 것이었다. 도로 옆 우수관 안이었다. 바닥에 고여 있는 차디찬 구정물에 온몸이 다 젖었다. 아픔도 아픔이었지만 어지럼증이 더했다. 땅이 꺼지고 몸 전체가 아래로 빨려 들어가는 듯했다. 이대로는 기절할 것 같다. 정신을 잃기 전에 119를 불러야 한다.

주머니를 뒤져서 스마트폰을 찾았다. 씨발, 망했다. 스마트폰이 없었다. 언제부터 없었는지도 몰랐다. 독고혁의 시신 옆에 떨어뜨렸는지, 강기만이 빼앗아 갔는지, 산비탈을 구르다가 떨어뜨렸는지 알 수가 없었다.

고개만 위로 치켜들어 도로 쪽을 살펴보았다. 한참 떨어진 곳에 두 칸짜리 화장실이 있었다. 화장실을 비추는 가로등 불빛이 포충기처럼 유혹적이었다. 불빛에 노출되면 강기만한테 내 위치를 알려 주는 꼴이 된다. 망설였지만 이런 산속 화장실에는 비상시 누르면 112를 호출하는 '안심 비상벨'이 설치되어 있다.

무릎을 세우고 일어서려는데 왼쪽 십자인대 보조기가 부서져 있었다. 티타늄 지지대가 종아리를 찔러댔다. 스트랩 밴드를 풀어야 하나 고민하던 순간이었다. 도로 위쪽에서 내 쪽으로 시끄러운 사륜 오토바이의 엔진 소리가 다가오고 있었다. 나는 얼른 우수관 바닥에 납작 엎드렸다.

"야, 이 병신 새끼야! 나와라! 살려는 줄게! 나와!"

기만이 고래고래 악을 쓰는 소리가 엔진 소리를 뚫고 들려왔다. 조금 있으려니 엔진 소리가 멈추었다. 오토바이를 도롯가에 세운 게 분명했다. 존나 징글징글한 새끼. 이대로 가로등 불빛 아래에 있다간 아무리 우수관 안이라 하더라도 들키고 말 것이다. 나는 구정물을 헤치며 불빛이 닿지 않는 어둠 속으로 기어갔다. 거미줄이 얼굴을 덮쳤다. 차디찬 물이 뼛속까지 파고들었다. 그 덕에 불타오르는 듯한 열감은 조금 가라앉았다.

수로 한가운데가 뭔가로 막혀 있었다. 손으로 더듬어 보았더니 신발이었다. 손을 더 앞으로 뻗어 보았다. 딱딱한 것이 만져졌다. 나는 화들짝 놀라 손을 뗐다. 다리였다. 머리카락이 쭈뼛 섰지만 도망칠 수 없다는 생각에 이제는 사람이 아닌 그 무언가로 변해 버린 몸뚱어리를 뒤집었다. 바가지를 엎어 놓은 듯한 뚜껑컷 머리, 지영대였다. 밀리언 달러 홀덤바에 있어야 할 사람이 갑자기 왜 여기서 나타난 거지?

지영대는 손에 무언가를 꽉 쥐고 있었다. 잘 펴지지도 않는 손가락을 억지로 하나씩 폈다. 명함만 한 크기의 주머니에 고정할 수 있는 클립형 소형 카메라였다. 클립 쪽으로는 카메라가, 그 뒤편으로는 작은 액정 화면이 만져졌다.

본능적으로 주위를 살핀 후 더듬거리며 아무 버튼이나 눌렀다. 그러자 전원이 들어오면서 액정이 환하게 빛났다. 나는 새어 나가는 빛을 막으려고, 바람 앞의 성냥불인 양 얼른 액정 화면을 한 손으로 감쌌다. 화면에 여러 개의 재생 목록이 나타났다. 버튼을 눌러 가장 맨 위에 있는 목록을 재생시켰다.

화면이 작은데도 화질이 선명했다. 컨테이너 창고 안이었다. 한쪽에는 커다란 스피커와 노래방 기계가 있고 그 맞은편에 3인용 소파가 놓여 있었다. 강기만이 소파에 기대앉아 담배를 피우고 있었다. 연기를 후, 하고 내뿜는 소리가 생각보다 커서 나는 음성 볼륨을 간신히 들리는 수준으로 낮추었다.

"형님, 늦어서 죄송합니다."

재떨이가 놓인 테이블 위에 지영대가 작은 손가방을 얹었다.

"여기 물건값이요."

강기만이 담배를 손가방 위에 지져 껐다.

"씨발, 이제 너하고는 거래 안 해. 너네 삼촌한테 가서 전해라. 딴 놈 보내라고."

헌 옷 수거함에서 마약 캔디를 거둬들이는 수거책은 강기만이었고, 그걸 받아서 밀리언 달러 홀덤바에 가져가는 운반책은 지영대였다.

지영대가 미지 누나를 위해 하려고 했던 일이 이것

이었다. 강기만의 마약 거래 현장을 찍어 경찰에 신고하려던 것이었다.

"갑자기 새로운 놈 보내라고 하면 어떡해요? 오늘은 그냥 저한테 넘기세요."

마약 캔디 거래 현장을 찍어야 하는데 강기만이 물건을 꺼내 놓지 않자 지영대는 초조해 보였다.

"네가 뭔데 넘기라 마라야? 이 새끼 많이 컸네."

"에이, 형님 왜 그러셔요."

강기만의 비위를 맞추려고 지영대가 넉살 좋게 웃었다.

"미지 그년이 나를 성폭으로 신고하겠다는데, 네가 바람 넣은 거지?"

"아, 아니에요. 저는 몰랐어요. 미지 개가 저한테 상의도 없이…"

185센티미터에 100킬로그램은 족히 넘을 거구의 강기만이 소파에서 일어났다. 컨테이너 천장에 정수리가 닿았다.

"뭐? 상의? 너네 둘이 그런 사이였냐? 나를 짭새한

테 넘기는 거까지 상의하는 사이였어?”

“네? 아유, 형님 오해예요, 오해.”

강기만이 지영대의 멱살을 비틀어 잡았다. 카메라를 가슴팍에 꽂아 두었던 건지 화면이 어지럽게 흔들렸다.

“오해는 무슨. 너네 둘이 붙어먹은 거 내가 모를 줄 알아?”

지영대가 강기만의 손을 붙잡고선 캑캑거렸다.

“네가 미지 임신시켰지?”

“무, 무슨 그런 말도 안 되는 소릴…. 혀, 형님 애잖아요.”

“내가 씨발, 성병 잘못 걸려서 씨 없는 수박 된 지가 언젠데! 어? 너 이거 뭐야?”

강기만이 지영대의 카메라를 발견했다. 두 사람은 카메라를 빼앗고 빼앗기지 않으려고 실랑이를 벌였다. 화면이 미친 듯이 흔들렸다. 컨테이너 문이 열리는 소리가 났다. 지영대가 카메라를 들고 밖으로 도망친 모양이었다.

어지럽게 흔들리던 화면이 멈추고 카메라가 컨테이너 창고를 비추었을 땐 이미 강기만이 한 손에 벌목도를 들고 뛰어나와 있었다. 그리고 다음 순간, 지영대의 비명이 길게 이어졌다. 화면이 붉게 물들었다.

"이 새끼, 어디로 튀려고?"

다시 화면이 마구 흔들렸다. 산비탈을 구르는지 나뭇가지 부러지는 소리와 지영대의 컥컥거리는 신음이 뒤섞였다. 그런 다음 쿵, 하는 소리와 함께 카메라가 우수관 한쪽으로 굴러갔다. 그걸 주우려고 안간힘을 쓰며 기어 오는 피투성이 지영대의 모습이 마지막 장면이었다.

녹화한 영상은 거기까지였다. 화면은 다시 재생 목록으로 돌아와 있었다.

지영대의 시체를 발견한 강기만은 그의 손에 꼭 쥐어져 있던 카메라는 발견하지 못한 모양이었다. 강기만은 나에게 자신의 살인을 뒤집어씌우려고 했다. 창고 앞에서 나를 베어 버리지 않고 일부러 산비탈로 내몰았던 이유도 그 때문이었다. 내 시체에 벌목도를 쥐여 줄 생각이었으리라. 나와 지영대가 칼부림 끝에 둘이서 함께 실족사했다. 이게 뇌까지 근육으로 가득 찬 강기만이 고심 끝에 만든 시나리오였다.

"개새끼."

입으로 욕설을 내뱉은 그 순간이었다. 벽돌 같은 주먹이 내 얼굴로 정신없이 내리꽂혔다. 감춘다고 감추었지만, 카메라 불빛과 소리 때문에 숨어 있던 위치를 들키고 만 것이었다.

나는 양팔을 들어 린치를 막아 보려 했지만 소용없었다. 가드가 내려가고 꼼짝없이 우수관에 몸이 끼인 채로 얻어맞았다. 코피가 터지고 입안으로 피가 쏟아져 들어왔다. 기만이 내 손에서 소형 카메라를 빼앗아 들었다.

"하, 이게 여기 있었네? 존나 찾았는데, 덕분에 살았다. 땡큐."

강기만은 큰 소리로 웃었다. 카메라 화면의 푸른 불빛에 비친 강기만의 얼굴이 무시무시했다. 나는 뭐라도 잡으려고 손을 뻗어 더듬었다. 그때 딱딱한 무언가가 손에 잡혔다. 생각할 겨를도 없이 그걸로 있는 힘껏 강기만의 옆머리를 후려쳤다. 땅, 하는 경쾌한 소리가 메아리쳤다.

내 손에 들려 있던 건 십자인대 보조기의 티타늄 지지대였다. 강기만이 휘청거렸다. 나는 한 번 더 힘껏 후려쳤다. 땅! 두 번의 타격으로도 녀석은 쓰러지지 않았다. 땅! 땅! 땅! 그제야 강기만이 옆으로 쓰러졌다.

나는 100킬로그램이 넘는 육중한 몸을 끙끙거리며 밀어냈다. 도로 위에 벌목도가 떨어져 있었다. 강기만의 가슴팍이 오르락내리락했다. 벌목도를 집어 들고 녀석의 목을 내리치고 싶었다. 칼날에 꽂힌 내 시선을 억지로 돌렸다. 우수관 밖으로 빠져나와 보니 조금 떨어진 곳에 사륜 오토바이가 세워져 있었다.

나는 비틀거리며 오토바이 쪽으로 걸어갔다. 하지만 두세 걸음도 못 가 다리에 힘이 풀렸다. 보조기 없는 무릎은 너무 쉽게 꺾였다. 온몸이 무너져 내렸다. 아스팔트 위에 그대로 엎어졌다. 숨을 들이쉬고 내쉬는 것조차 힘들었다. 쉬익, 쉬익, 쉬익…. 숨소리가 잦아들고 있었다. 곧 사방이 고요해졌다. 죽음과도 같은 어둠만이 깔려 있었다. 그때였다.

띠리띵 띵띠링. 띠리띵 띵띠링.

사륜 오토바이에서 메시지 도착 알림음이 울렸다.

저기에 내 스마트폰이 있다. 미래의 내가 나한테 메시지를 보내고 있다. 그건 내가 여기서 쓰러지지 않았다는 뜻이다. 죽지 않았다는 뜻이다.

나는 으아아악, 소리를 지르며 일어났다. 바지 호주머니를 더듬어 이제는 쓸모가 없어졌을지도 모르는 USB가 안전하게 있음을 확인했다. 그런 다음 거의 기다시피 해서 공중화장실로 향했다.

여자 화장실로 들어가 제일 첫 번째 칸의 문을 열었다. 벽에 부착된 안심 비상벨이 눈에 들어왔다. 비상벨을 눌렀다. 한 번 가지고는 안심이 안 되어서 두 번, 세 번 눌렀다. 이제 이곳으로 경찰이 출동할 터였다. 경찰은 뻗어 있는 강기만과 지영대의 시신을 발견할 것이었다. 밤눈이 밝아 명함만 한 크기의 소형 카메라도 금방 찾을 수 있기를 바랐다.

사륜 오토바이 쪽으로 갔다. 시트 뒤쪽에 붙은 수납함에서 스마트폰을 챙겼다. 주인장에게서 온 메시지를 확인했다.

"안 잊어 버렸다고, 주인장아."

주인장은 내가 사륜 오토바이를 몰기를 바라고 있었다. 건강했을 때까지만 해도 나는 가족 여행을 가게 되면 꼭 그곳에서 카트나 사륜 오토바이를 타곤 했었다. 그래서 모는 법은 알고 있다. 문제는 내 몸이었다.

사륜 오토바이는 차체의 무게 때문에 핸들을 움직이는 데 전동 자전거나 카트보다 힘이 많이 들어간다. 게다가 이런 내리막길에선 핸들 브레이크뿐만 아니라 풋 브레이크까지 함께 사용해야 하는데 지금 발목 상태론 무리였다. 하지만 1시간 남았다는 메시지가 오토바이 위로 기어코 몸을 얹어 놓게 했다.

열쇠를 돌리자 엔진의 떨림이 엉덩이에 바로 느껴졌다. 왼쪽 핸들의 브레이크를 엄지로 붙잡고 출발 버튼을 검지로 눌렀다. 커다란 바퀴가 바닥을 긁으며 앞으로 달려 나갔다. 몸이 힘없이 뒤로 쏠리면서 하마터면 핸들을 놓칠 뻔했다. 내리막길이라 체감 속도는 더 빨랐다. 오토바이 차체의 떨림에 의해서 발판 위에 올려놓은 두 발이 떨어졌다 붙었다 했다.

눈앞에 보이는 도로가 산허리를 감싸며 완만하게 우회하고 있었다. 핸들을 있는 힘껏 오른쪽으로 돌렸지만 팔 힘이 부족한 탓에 원하는 만큼 꺾이지 않았다. 오토바이는 중앙선을 침범해 추락 방지 가드를 향해 가고 있었다. 하는 수 없이 왼손을 브레이크에서 떼고 두 손으로 오른쪽 핸들을 바짝 잡아당겼다. 그러자 겨우 추락을 면할 수 있었다.

사륜 오토바이를 타고 1킬로미터도 안 되는 거리를 내려오면서 나는 몇 번이나 죽음의 경계를 스쳤는지 모른다. 두려워 욕설을 내뱉고 있어야 할 입으로 나는 어느새 환호성을 내지르고 있었다. 목구멍으로 바람이 쏟아져 들어왔다. 폐가 찢어질 것처럼 벅찼다. 허리는 꿰뚫린 듯 아팠고 두 다리는 경련으로 타들어 갔다. 팔뚝엔 쇳덩이가 박힌 것 같았다.

예전에 미친 듯이 달릴 때 느꼈던 희열감이 온몸 구석구석에 차올랐다. 고통스럽지만, 나는 살아 있다. 이토록 생생하게 살아 있는 것이다.

88

사륜 오토바이를 길가에 대고 나는 독고혁의 시체를 발견했던 그 집으로 다시 가려고 했다. 하지만 우연찮게 발견했기 때문일까. 지도 앱을 켜고 전처럼 헤매고 다녔지만 도저히 찾을 수가 없었다. 게다가 골목은 어둠 속에 완전히 침식되었다.

좀 전에 마구 솟구쳐 올랐던 아드레날린이 차갑게 식었다. 피로감이 돌덩이처럼 팔다리에 매달렸다. 나는 늪지대를 걷듯이 한 걸음 한 걸음 발을 들어 올렸다. 발이 시멘트 바닥에 빠져서 움직이질 않았다.

한쪽 어깨를 새까만 담벼락에 대고 쓰러질 준비를 했다. 꺼져 가는 정신이 희망 회로를 마구 돌리기 시작했다. 현서는 독고혁을 죽이고 도망쳤을 것이다.

아니, 청 테이프에 친친 동여매진 상태로 자신보다 덩치 큰 남자를 제압할 수 있었을 리 없다. 아니다. 박도민이 USB를 손에 넣은 다음 독고혁에게 연락했을 것이다. 그래서 독고혁이 현서의 결박을 풀어 주었을 것이다.

아니, 아니다. 현서가 풀려났다면 미래의 내가 한 시간밖에 남지 않았다는 메시지를 보내지 않았을 것이다.

이만큼 했으면 됐다. 애초에 이런 병신 같은 몸으로 현서를 구할 수 있을 거라고 기대도 안 했다. 나는 할 만큼 했다. 현서도 나를 이해해 줄 것이다.

씨발, 웃기지도 않는다. 암만 희망 회로를 돌려도 이젠 나 자신을 속일 수가 없다. 나는 잘 알고 있는 것이다. 여기서 주저앉는다면 앞으로 남은 나날을 천천히 조여드는 바늘 상자 속에서, 고통보다 더한 후회로 내가 나를 찌르면서 보내게 되리란 걸.

지금 현서를 포기하는 건 미래의 나를 포기하는 것이다. 현서를 구하는 일은 나를 구하는 일이다. 그때였다.

“목적지에 도착했습니다.”

지도 앱에서 안내 음성이 흘러나왔다. 방범등이 머리 위에서 깜빡깜빡하더니 탁, 하고 켜졌다. 내가 어깨를 기대고 있던 집이 ‘북구 구암북3길 17-2’였다. 제대로 찾아온 것이었다.

전봇대 불빛은 이미 오래전에 폐업한 접골원 앞을 비추고 있었다. 담벼락 밑에 ‘북구청 폐기물 수거’라고 적힌 초록색 자루들이 한가득 쌓여 있었다. 붉은 벽돌로 지어진 단층 건물이 낯익었다. 현서가 인스타에 올렸던 동영상에서 본 건물이었다. 쓰레기 집을 청소하던 그 동영상 말이다. 집 안에 불이 켜져 있는 듯 커다란 창에 드리워진 군청색 커튼 틈새로 희부연 불빛이 어룽거렸다.

나는 대문 쪽으로 걸음을 옮겼다. 내 의지와는 무관하게 기계적으로 팔다리가 움직였다. 녹슬어 버그러진 철제 대문을 밀고 마당으로 들어갔다. 곳곳에 가득했던 쓰레기 더미는 어디론가 치워져 있었고, 풀한 포기 없는 시멘트 마당은 벌거벗은 노인의 몸처럼 민둥했다.

어디선가 진한 석유 냄새가 났다. 냄새를 따라 고개를 돌려 보니, 옆집이었다. 담이 허물어져 있었고, 잡초들 사이에 누워 있는 검은 덩어리가 보였다. 방범등 불빛 아래 자세히 보이진 않았지만 검은 덩어리는 독고혁으로 짐작되었다. 강기만에게 끌려가기 전에도 집을 제대로 찾았던 거였다.

이미 딱딱하게 굳어 있을 독고혁에게 갈 필요는 없었다. 나는 부채꼴의 시멘트 계단을 밟고 올라갔다. 한때는 꽤 괜찮아 보였겠지만 지금은 새까맣게 변한 석재 난간을 붙잡고 힘겹게 한 계단씩 올랐다.

밤색 양철 현관문이 바람에 덜컹거리고 있었다. 문에 붙어 있는 '영생 접골원'이었을 스티커가 자음과 모음이 떨어져 '여생 ㅈ고인'으로 변해 있었다. 문손잡이를 잡아당겼다. 너무나도 쉽게 열렸다.

집 안은 협박 동영상 속에서 보았던 그 모습 그대로였다. 군청색 바탕에 장미 문양이 새겨진 커튼이 창문에 걸려 있었고, 그 밑에 낡은 6인용 가죽 소파가 놓여 있었다. 벽 한쪽에는 시침도 분침도 없는 '개원 30주년 기념' 괘종시계가 걸려 있었다. 노란 리놀륨 바닥에는 아직 덜 치운 '북구청 폐기물 수거' 자루가 주둥이를 열어 놓은 채 세워져 있었다. 그리고 그 한가운데에 현서가 있었다. 의자에 청 테이프로 결박당한 채 고개를 푹 숙이고 앉아 있었다.

"현서야!"

마음 같아선 한달음에 달려가고 싶었지만 몸이 제대로 말을 듣지 않았다. 나는 고전 영화 속 좀비처럼 어기적거리면서 걸어갔다. 피를 많이 흘렸지만 현서는 아직 숨이 붙어 있었다. 현서의 몸에 친친 감긴 청 테이프를 떼어 내려고 하는데 자꾸만 손이 헛돌았다. 손아귀에 힘이 들어가질 않았다.

나는 주위를 둘러보며 뭐라도 날카로운 것을 찾았다. 의자 밑에 독고혁의 잭나이프가 떨어져 있는 게 보였다. 그것을 주우려고 손을 뻗었을 때였다. 특수 치료실 팻말이 붙어 있는 나무문이 열렸다. 팻말이

덜커덩거렸다. 내 심장도 따라 덜컹 내려앉았다.

치료실 안에서 나온 사람은 현서의 인스타 동영상 속에 등장했던 백발노인이었다. 하지만 체머리 앓듯 머리를 흔들며 부축받던 그때의 노인이 아니었다. 사각 팬츠 차림의 백발노인은 동남아의 무에타이 선수처럼 온몸이 근육질이었다. 독고혁을 단번에 제압하고 목을 졸라 숨통을 끊어 놓고도 남을 몸이었다.

백발노인이 가무잡잡하고 바깥쪽으로 약간 휘어진 검지를 들어 나를 가리키며 말했다.

"네 눈에서 두려움이 보이는구나. 그런 가여운 희망으로 가득 찬 눈빛은 오래간만이네. 이 동네 늙은이들이 마지막 숨을 내뱉을 때도 꼭 그런 눈을 했지. 자식도 없고, 돌봐 줄 사람도 없고, 하루하루 숨만 겨우 붙어 있는 주제에 생의 끈은 놓지 않는단 말이지. 내가 이 두 손으로 그 끈을 끊어 내는 마지막 순간까지도 말이야."

그동안 내가 예사로 듣고 흘렸던 말들이 머릿속에 마구 쏟아졌다. '오늘은 독거노인 거주 밀집 지역인

북구 구암동에 다녀왔어요. 이곳 노인분들의 자살률과 사망률이 급증하고 있대요.' '그러니까 재개발 얘기만 나오면 구암동 노인들이 죽어 나가는 거 아니야. 지난달에도 고독사했다고 뉴스가 뜨던데….'

"이 동네 늙은이들은 이미 사회가 한 번 죽였던 사람들이야. 나는 그들을 위해 자비로운 처치를 한 것뿐이지. 봐, 주위를 둘러봐. 조용하잖아. 뉴스도 없고, 경찰 조사도 없고, 애도도 없잖아."

무관심과 소외 속에 방치된 노인들만 골라서 죽이는 연쇄살인범이 구암동에 살고 있었다. 그리고 지금 그런 무시무시한 살인마가 내게 다가오고 있었다. 백발노인에게서 뿜어져 나오는, 서늘하고 묵직한 기운에 압도당해 나는 그대로 얼어붙었다. 포식자 앞에 홀로 서 있는 새끼 고라니같이.

"그들을 기억하려 한 건 오직 나뿐이었다. 내 손으로 거둔 자들의 얼굴과 이름까지. 그래서 그들의 약봉투를 가져와 보관했지."

봉사활동 중에 현서가 소파 밑에서 끄집어냈던,

10여 개의 열쇠고리는 연쇄살인범의 전리품이 아니었다. 독거노인 집이라면 꼭 하나씩은 있을 법한 물건, 죽인 사람의 이름이 적혀 있는 물건, 백발노인이 곁에 두고 있어도 아무도 의심하지 않을 물건, 색깔이 누렇게 변해 버린 약 봉투들이 구암동 노인 연쇄살인범의 트로피였다. 노인은 눈에 보이지 않는 약 봉투를 쥐고 오른손 검지로 누군가의 이름을 훑어 내리는 시늉을 했다.

"하지만 이제는 그것들을 들여다보며 애도할 시간마저 모조리 빼앗겼다."

집을 청소하던 누군가가 누런 약 봉투들을 쓰레기와 함께 버렸던 것이었다. 갈가리 찢긴 종잇조각들이 모래알처럼 빠져나가게 노인은 두 손을 활짝 펼쳤다. 그러곤 분노만 남은 손바닥을 불끈 쥐었다. 팔뚝 근육이 피부를 뚫고 나올 기세로 꿈틀거렸다. 꽉 쥔 두 주먹에 손가락 마디마디가 하얗게 불거졌다.

"어느 날 갑자기 침입자들이 내 집에 함부로 들어와 여길 더럽히고, 소중한 내 약 봉투들을 버리고, 나를 병원에 가두고 모욕했다."

끓어오르는 분노와 적의의 힘으로 백발노인은 병원을 탈출해 자신의 서식지에 돌아왔다. 그런데 자신의 집을 더럽혔던 조무래기들이 여전히 자신의 집을 차지하고 앉아 동영상 나부랭이를 찍고 있는 게 아닌가. 노인은 단번에 독고혁을 제압하고 목 졸라 살해했다.

주인장이자 미래의 '내가' 보냈던 〈새벽 뉴스 모음〉 캡처본이 떠올랐다. 밤 11시경 화재 신고를 받고 출동한 소방대원들이 불을 끄고 발견했다는 신원 미상의 시체. 그건 독고혁이었다. 노인 연쇄살인범이 독고혁의 시신을 옆집으로 끌고 가 몸에 석유를 뿌리고 불을 지르려고 했으리라. 그 전에 내가 이 집에 들이닥친 것이고.

연쇄살인범이 내게로 손을 뻗으며 다가왔다. 손에선 잘 벼린 칼날처럼 서늘한 살기가 느껴졌다. 공포감에 나는 본능적으로 뒷걸음질 쳤다.

"이건 계획에 없던 거지만 네 눈빛을 보니 충분히

만족스러울 것 같구나.”

뒷걸음질 치다가 나는 가죽 소파 위에 털썩 주저앉
았다.

“걱정 말거라. 아프지 않게 보내 줄 테니.”

닿기라도 하면 베일 것 같은 노인의 두 손에 나는
목을 내맡길 수밖에 없었다. 눈을 질끈 감았다. 나도
모르게 울고 있었는지 눈물이 볼을 타고 흘렀다.

“으아아아아악!”

갑자기 새된 비명이 온 집 안에 울렸다. 눈을 떴더
니 현서가 의자에 묶인 채로 달려와 노인의 뒤를 덮
치고 있었다. 노인이 허리를 곧추세우며 현서를 튕
겨 냈다. 현서는 의자째로 나둥그러졌다. 서서 온몸
을 비틀어 대는 노인의 등 한복판에 독고혁의 잭나이
프가 꽂혀 있었다. 커다란 양손이 더듬거리며 등판에
꽂힌 잭나이프를 빼내려고 안간힘을 썼다.

“죽어, 이 미친 싸패 새끼야!”

바닥에서 엉거주춤 일어난 현서가 이번에도 의자
와 함께 돌진해 노인의 배를 들이박았다. 현서한테

내밀린 노인은 나무 패널로 된 벽에 쾅 하고 처박혔다. 벽이 심하게 떨렸다. 괘종시계가 바닥으로 떨어졌다.

“끅.”

일자로 꽉 다문 입에서 바람 빠지는 소리가 났다. 노인이 힘없이 앞으로 고꾸라졌다. 노인의 등판에는 잭나이프가 깊숙이 박혀 있었다. 손잡이 끄트머리만 남아 있을 정도였다.

89

“괜찮아? 너 지금 너무 안 좋아 보여. 쇼크 오는 것 같아.”

현서 말이 맞았다. 나는 온몸을 떨면서 소파 위에 누워 있었다. 어떤 보이지 않는 커다란 손이 나를 통째로 끌어내리고 있었다.

“119 불렀으니까 수강아, 좀만 버텨.”

곧 죽을 것 같았다. 죽지 않는다면 기절이라도 할 것 같았다.

“나, 사, 사실은 너한테 하, 할 말이 있는데….”

바로 그 순간, 띠리띵 띵띠링, 주인장에게 1:1 채팅방 초대장이 날아왔다. 미쳐 버리겠다. 몇 년 동안 꺼내지 못했던 말들을 하려던 이런 중요한 때에 하필!

나는 떨리는 손가락으로 '수락하기' 버튼을 누를
수밖에 없었다.

river_v4님이 입장하였습니다.

river_v4 : 뭐가 또 남았냐?
주인장 : river_v의 전언이 남았지.
river_v4 : 뭐라고?

주인장은 자필 편지를 찍은 사진을 업로드했다. 글
씨는 획마다 힘없이 흘러내렸고 삐뚤빼뚤했다. 내가
쓴 거였으니 망정이지 다른 사람 같았으면 한 글자도
읽을 수 없었을 것이다. river_v는 글자를 똑바로 쓰기
힘들 정도로 팔 근육이 약화된 모양이었다. 그럼에도
길고 긴 편지를 끝까지 써 내려가다니, river_v의 굳은
의지가 느껴졌다.

안녕? 알다시피 난 미래의 이수강이야.

지금은 2038년이고, 세계는 일시적으로 '2038년 문제'를 겪고 있어. '2038년 문제'란 유닉스 타임스탬프가 32비트 시스템에서 2,147,483,647초 이후에 오버플로우되는 것을 말해. 자세히 알지는 못하지만, 재호 말로는 32비트 정수로 표현되는 초 단위가 32비트 정수의 최댓값을 초과하면서 발생하는 문제라고 하더라.

물론 이 문제는 예전부터 예견되었던 거라 많은 개발자가 대비책을 마련해 놓았다고 해. 다만 그걸 실현시키는 과정에서 몇 분간의 딜레이가 생기고 말았어. 우리는 그 시간적 틈을 이용해 과거로 메시지를 보낼 수 있는 프로그램을 만들었어. 아니, 정확하게는 재호가 만들었지만.

그게 바로 지금 우리가 1:1 채팅을 주고받는 '캣박스베타(CatBox-β)'야. 어떻게 그런 일이 가능하냐고 묻고 싶겠지. 우리도 시간을 완전히 이해해서 여기까지 온 건 아니야. 시간이 아주 잠깐 우리를 비껴갔고, 우리는 그 틈을 붙잡았던 것뿐이지. 중요한 건 어떻게 가능했냐가 아니야. 시간의 틈을 이용해 우리가 무엇을 선택했냐는 거지.

선택은 늘 하나였어. 현서를 살리는 것. 장담하는데, 현서의 죽음은 그 어떤 병증보다 치명적이고 고통스럽고 치유할 수 없는 거더라.

하지만 캣박스베타의 시간적 틈은 예상했던 것보다 훨씬 유기적이었어. 타임 패러독스를 계산에 넣지 않았던 탓이었지. 그 때문에 우리는 우리의 세계로는 메시지를 보낼 수 없었어. 다른 우주의 세계로만 메시지를 보낼 수 있었어. 재호에겐 메시지를 보내 봤자 소용이 없었고. 자다가 일어나서 습격을 받는 포인트를 어떻게 해도 바꿀 수가 없었거든. 그래서 우리는 다른 세계의 수강이 너에게로 메시지를 보내기로 했어.

네가 지금 이 편지를 읽고 있다는 건 어떤 결말이든 앞으로 나아갔다는 뜻일 거야. 숙취 때문에 메시지를 확인하지 않은 수강이나, 핸드폰을 너무 세게 집어던져 아예 박살을 내 버린 수강이나, 24시간 감시받는 심리요양원에 끌려간 수강이는 이 글을 읽을 수가 없겠지.

이 글을 읽고 있는 너의 현서는 아직 돌이킬 수 있는 시간 속에 있길 바라. 나의 현서는 돌이킬 수 없는 시간 속으로 가 버렸지만.

작별 인사를 행운의 편지처럼 하고 싶진 않지만, 또 다른 세계의 현서를 살리고 싶다면 네가 받은 메시지들을 잘 전달해야 해. 결말을 바꿀 수만 있다면, 언제까지라도.

주인장은 아무 말 없이 지금까지 내게 보여 주었던 모든 사진과 글을 업로드시켰다. 나 또한 아무 말 없이 그것들을 내 스마트폰에 내려받았다.

어디서부터 어디까지 사실인지 묻지 않았다. 주인장의 말을 100퍼센트 신뢰하기 때문은 아니었다. 불가능하고 불확실하더라도 이 방법밖에 없었다. 선택은 이제 다른 세계의 내 몫이었다.

1:1 채팅이 종료되었다.

90, or not

한동안 루미너스 클럽에 관한 뉴스로 떠들썩했다. 학생 자치 취업 지원 동아리에서 불법 마약 거래와 불법 대출과 불법 추심과 불법 촬영물 제작 등의 불법적인 일들이 자행되었다는 보도에 전 국민이 충격과 공분을 금치 못했다.

강기만은 살인 혐의로 구속 수감되었고, 미지 누나는 강기만의 여죄를 밝히기 위해 법정 출석을 했다. 박도민은 몰카범으로 인터넷상에서 얼굴까지 공개되어 사회적으로 매장당했다. 현서는 빼돌렸던 독고혁의 돈을 증거로 제출했고, 성공적으로 수술을 마친 재호도 독고혁 사건에 증인으로 나섰다. 내가 제출한 USB는 실질적인 증거로 채택되었다.

안타깝게도 구암동 노인 연쇄살인범의 범행은 구암동 재개발 지역 확정 소식에 밀려 뉴스에 실리지 못했다.

나는 내 방으로 돌아왔다. 바보 같지만 결국 현서에게 내 마음을 전하지 못했다. 돌발성 근육통은 여전하고, 하루하루 근육과 신경을 잃어 가고 있는 것도 마찬가지였다. 달라진 게 없는 것 같았다. 하지만 모든 게 달라졌다.

river_v는 현서를 잃고 더 이상 아무것도 선택할 수 없는, 고통보다 더한 후회 속에서 살았을 것이다. 그래서 수많은 자신에게 앞으로 나아갈 기회를 주고 싶었던 건지도 모른다.

침대에 누워 스마트폰을 열었다. 액정에는 여전히 K자 모양의 금이 가 있는 상태였다. 새 스마트폰을 샀지만 이건 당연히 버리지 않았다. 이번엔 내가 주인장이었다. 캣박스베타 사이트로 들어가 1:1 채팅창을 만들었다.

나는 현서를 구하면서 나를 구했다. 너의 선택도

현서의 결말을, 그리고 마침내 너의 결말까지 바꿀

수 있기를 바라며 초대장을 날렸다.

조금 있으려니 채팅창에 알림이 떴다.

river_v5님이 입장하였습니다.

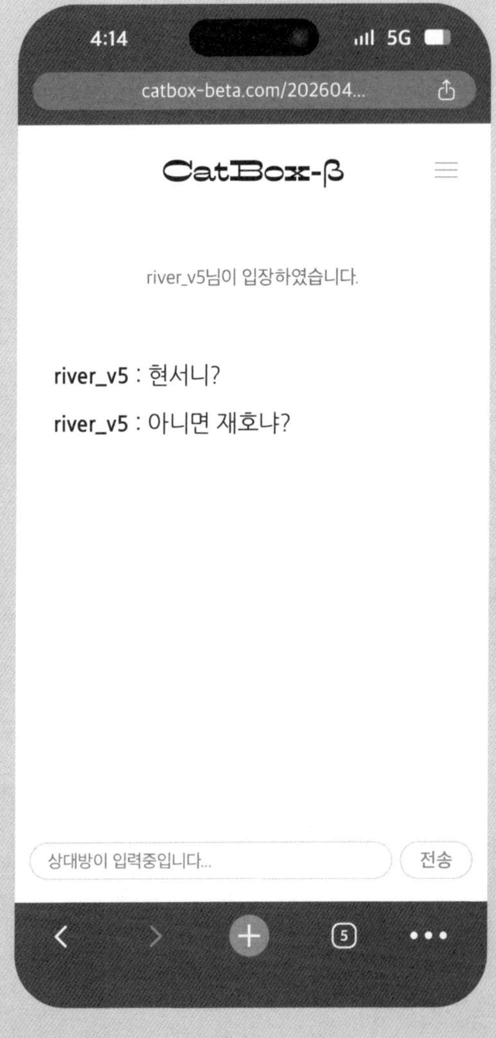

4:14
catbox-beta.com/202604...
CatBox-β
river_v5님이 입장하였습니다.
river_v5 : 현서니?
river_v5 : 아니면 재호냐?
상대방이 입력중입니다...
전송
5

결말의 너를 바꿀 수만 있다면

초판 1쇄 인쇄　2026년 4월 14일
초판 1쇄 발행　2026년 4월 24일

지은이　한새마

총괄　김명래
책임편집　김명래
디자인　studio forb
책임마케팅　최혜령, 박지수, 도우리, 양지환, 송지은, 박주미
마케팅　콘텐츠 IP 사업본부
해외사업팀　한승빈, 박고은
전자책　김주리
경영지원　백선희, 권영환, 이기경, 최민선, 강아현
제작　제이오
외주편집　김정현

펴낸이　서현동
펴낸곳　㈜오팬하우스
출판등록　2024년 5월 16일 제2024-000141호
주소　서울시 강남구 테헤란로 419, 11층 (삼성동, 강남파이낸스플라자)
이메일　info@ofh.co.kr

ⓒ 한새마 2026
ISBN 979-11-7577-263-2 (03810)

한끼는 ㈜오팬하우스의 출판브랜드입니다.